ein Ullstein Buch

Vom selben Autor
in der Reihe der
Ullstein Bücher

Der Hund von Baskerville (2602)
Sherlock Holmes' Abenteuer (2630)
Studie in Scharlachrot (2655)
Das Tal der Furcht (2719)
Im Zeichen der Vier (2744)
Die brasilianische Katze (2779)
Sherlock Holmes und
sein erster Fall (20004)
Sherlock Holmes und der
verschwundene Bräutigam (20012)
Sherlock Holmes und der
bleiche Soldat (20020)

ein Ullstein Buch
Nr. 20028
im Verlag Ullstein GmbH,
Frankfurt/M – Berlin – Wien
Übersetzt von Tanja Terek

Gesammelte Werke
in Einzelausgaben

Umschlagentwurf:
Hansbernd Lindemann
Alle Rechte vorbehalten
Deutsche Rechte
beim Verlag Ullstein GmbH,
Frankfurt/M – Berlin – Wien
Printed in Germany 1979
Druck und Verarbeitung:
Mohndruck Graphische Betriebe
GmbH, Gütersloh
ISBN 3 548 20028 1

CIP-Kurztitelaufnahme
der Deutschen Bibliothek

Doyle, Arthur Conan:
[Sammlung «dt.»]
Sherlock Holmes und die gefährliche
Erbschaft: klass. Kriminalerzählungen /
Sir Arthur Conan Doyle. [Übers. von
Tanja Terek]. – Frankfurt/M, Berlin,
Wien: Ullstein, 1979. –
   (Gesammelte Werke in Einzelaus-
   gaben / [Sir Arthur Conan Doyle])
   (Ullstein-Bücher; Nr. 20028)
   ISBN 3-548-20028-1

Sir Arthur
Conan Doyle

Sherlock
Holmes und die
gefährliche
Erbschaft

Klassische
Kriminalerzählungen

ein Ullstein Buch

Inhalt

Das leere Haus
(The Empty House, April 1894)

7

Die gefährliche Erbschaft
(The Norwood Builder, August 1895)

32

Der Fehler in der Rechnung
(The Stockbroker's Clerk, Juni 1889)

60

Der einsame Radfahrer
(The Solitary Cyclist, April 1895)

81

Die tanzenden Männchen
(The Dancing Men, Juli/August 1898)

105

Der Schwarze Peter
(Black Peter, Juli 1895)

134

Inhalt

Das leere Haus
(The Empty House, Strand 1903)

Die gefährliche Lebschaft
(The Norwood Builder, um 1905)

Der Reiter in der Recowore
(The Stockbroker's Clerk, Jan 1903)

Die einsame Radfahrerin
(The Solitary Cyclist, April 1885)

The servant in Matudum
(The Dancing Men, July/August 1898)

Der Schwarze Peter
(Black Peter, Juli 1896)

Das leere Haus

Im Frühling des Jahres 1894 hielt ganz London den Atem an; aus Sensationslust die meisten, aus Empörung die oberen Zehntausend: Einer ihrer Standesgenossen, Ronald Adair, war ermordet worden, und dies unter höchst ungewöhnlichen, ja unerklärlichen Umständen. Obwohl die Öffentlichkeit eine Reihe von Tatsachen aus den Polizeiberichten erfahren hatte, hielt man es doch — angesichts der Ungeheuerlichkeit des Falles — bei den zuständigen Stellen für richtiger, gewisse Einzelheiten zurückzuhalten.

Jetzt erst, zehn Jahre nach dem Ereignis, darf ich endlich durch meinen Bericht die fehlenden Glieder in der Kette der Ereignisse ergänzen. Wenn auch das Verbrechen selbst interessant genug gewesen ist, so stand es doch in keinem Verhältnis zu der Wirkung, die sich daraus für mich persönlich ergab. Ich erlebte damals nämlich den größten Schock meines weiß Gott auch sonst nicht gerade langweiligen Lebens. Sogar heute noch, obwohl so viele Jahre verstrichen sind, stockt mein Herzschlag, wenn ich an jenes Frühjahr zurückdenke: ich fühle wieder die plötzliche Welle der heißen Freude, des Erstaunens und der Ungläubigkeit, die mein normales Denken völlig überschwemmte und auslöschte.

Ich möchte meine Leser, die meine Aufzeichnungen über die Gedanken und Taten eines in jeder Weise bemerkenswerten und ungewöhnlichen Mannes verfolgt haben, um ihr Verständnis bitten, daß ich bis heute mein Wissen nicht mit ihnen teilen konnte. Denn erst am 3. des vorigen Monats hob er das Verbot auf, das mich zu absolutem Stillschweigen verpflichtet hatte.

Man kann sich leicht vorstellen, daß die Freundschaft mit Sherlock Holmes mein Interesse an der Kriminalität geweckt und ständig vertieft hatte, deshalb verfolgte ich auch, nachdem er so plötzlich aus meinem Leben verschwunden war*, alle wesentlichen Fälle, die der Öffentlichkeit preisgegeben wurden. Weit öfter als früher versuchte ich auch, sozusagen zum eigenen Vergnügen, seine Methoden anzuwenden, um ein Problem zu lösen, wenn auch, ich muß es gestehen, keinesfalls immer mit Erfolg. Und in all der Zeit hat es keinen Fall gegeben, der mich mehr gereizt hätte, als der merkwürdige Tod Ronald Adairs. Als ich den Bericht über die Leichenschau las, die »Mord, ausgeübt von einer oder mehreren Personen« ergab, wurde mir eigentlich mehr denn je bewußt, welch unersetzlichen Verlust die Allgemeinheit durch Sherlock Holmes' Tod erlitten hatte. Es gab da ein paar Punkte in dieser dunklen Geschichte, die bestimmt seine Aufmerksamkeit gefesselt hätten, und wie würde er, mit seiner geschulten Beobachtungsgabe und seinem scharfen Verstand, die Nachforschungen der Polizei ergänzt und sie letztlich überflügelt haben! Nicht umsonst war er der größte Detektiv Europas gewesen.

Während ich meiner täglichen Arbeit nachging, grübelte ich über diesen Fall, kam jedoch zu keiner auch nur annähernd befriedigenden Lösung. Auf die Gefahr hin, längst Bekanntes zu wiederholen, will ich jetzt noch einmal die einzelnen Tatsachen rekapitulieren.

Ronald Adair war der zweite Sohn des Earl of Maynooth, der seinerzeit das Amt des Gouverneurs in einer der australischen Kolonien bekleidete. Mit seiner Mutter, die sich einer Augenoperation unterziehen mußte, und seiner Schwester Hilda war Ronald nach London zurückgekehrt und wohnte in Park Lane, Nr. 427. Die jungen Leute verkehrten in der besten Gesellschaft; soweit man wußte, hatten sie weder Feinde noch besondere Laster. Er war mit einer Miß Edith Woodley aus Carstairs verlobt, die Verlobung wurde später in beiderseitigem Einverständnis gelöst, und es sprach nichts dafür, daß auf einer der beiden Seiten irgendwelche tieferen Gefühle verletzt worden waren. Das Leben des jungen Mannes bewegte sich in einem begrenzten konventionellen Rahmen, getragen von freund-

---

* Siehe »Sherlock Holmes und der verschwundene Bräutigam« (Ullstein Buch Nr. 20012), Seite 141: *Sherlock Holmes' Untergang.*

lichen Angewohnheiten und der Ruhe eines keineswegs leidenschaftlichen Temperaments. Trotzdem traf diesen unauffälligen jungen Aristokraten ein plötzlicher, furchtbarer Tod, und zwar in der Nacht zum 30. März 1894, zwischen zehn und elf Uhr abends.

Ronald Adair spielte gern und regelmäßig Karten, jedoch niemals mit Einsätzen, die ihm hätten gefährlich werden können. Er war Mitglied mehrerer Clubs, und es stellte sich heraus, daß er am Abend seines Todes, kurz nach dem Abendessen, eine Partie Whist im Bagatelle-Club gespielt hatte. Ja, schon am Nachmittag war er dort über einem Kartenspiel gesehen worden. Laut der Aussage seiner Partner, Mr. Murray, Sir John Hardy und Colonel Moran, hatten sich Gewinn und Verlust ziemlich gleichmäßig auf die Spieler verteilt. Vielleicht verlor Adair fünf Pfund — mehr bestimmt nicht. Und da er recht vermögend war, konnte ihn dieser Verlust nicht sehr treffen. Fast jeden Tag pflegte er in einem oder dem anderen Club zu spielen, aber durchaus vorsichtig, und meistens stand er nach einem Gewinn vom Tisch auf. Bei der Verhandlung erfuhr man ferner, daß er ein paar Wochen vorher, als Partner von Colonel Moran, in einer Partie gegen Godfrey Milner und Lord Balmoral nicht weniger als 420 Pfund gewonnen hatte. Soviel über die letzte Zeit seines Lebens.

Am Abend des Mordes traf er Punkt zehn zu Hause ein. Seine Mutter und die Schwester waren weggegangen; sie besuchten eine Verwandte. Das Dienstmädchen hatte laut Aussage noch gehört, wie er den zur Straße gelegenen Raum betrat; er benutzte ihn meist als Wohnzimmer. Zuvor hatte sie dort gerade den Kamin angezündet, und da er qualmte, das Fenster geöffnet. Bis elf Uhr zwanzig — das war der Zeitpunkt, als Lady Maynooth mit ihrer Tochter heimkehrte — blieb oben alles still. Die Lady wollte ihrem Sohn noch gute Nacht wünschen, fand jedoch die Tür von innen verschlossen und bekam weder auf ihr Rufen noch Klopfen eine Antwort. Darauf holte sie Hilfe herbei und ließ die Tür aufbrechen: Der junge Mann lag auf dem Boden neben dem Tisch, von einer Revolverkugel entsetzlich zugerichtet. Man fand keinerlei Waffe im Zimmer.

Auf dem Tisch sah man zwei Banknoten über je zehn Pfund und außerdem 17 Pfund, 10 Shilling in Münzen, aufgeteilt in kleine Häufchen. Auf einem Blatt Papier waren einige Beträge notiert, daneben die Namen von Clubfreunden. Hieraus schloß man, er habe versucht, eine Liste über seine Gewinne und Verluste aufzustellen.

Eine genaue Überprüfung der Begleitumstände machte den Fall nur noch undurchsichtiger. Zunächst einmal gab es keinerlei einleuchtenden Grund, warum der junge Mann seine Tür von innen verschlossen hatte. Natürlich, so mußte man zunächst folgern, konnte dies der Mörder getan haben und dann durchs Fenster geflohen sein. Aber die Entfernung vom Fenster zum Erdboden betrug mindestens sechs Meter, und unten gab es ein Beet mit jungen Krokussen in voller Blüte. Weder waren die Blumen beschädigt, noch zeigte die Erde irgendwelche Fußspuren, ebensowenig der schmale Grasstreifen, der das Haus von der Straße trennte. Folglich mußte der junge Mann die Tür selbst verschlossen haben. Wie aber ereilte ihn sein Schicksal? Durchs Fenster eingedrungen konnte auch niemand sein — denn auch dann wären Spuren zu finden gewesen.

Angenommen, jemand hatte durchs Fenster geschossen — dann müßte es eine höchst ungewöhnliche Revolverkugel gewesen sein, daß sie eine Verletzung dieses Grades herbeiführen konnte. Außerdem ist Park Lane eine belebte Straße, und kaum dreißig Meter vom Haus entfernt befindet sich ein Droschkenstand. Niemand hatte den Schuß gehört. Und doch war da der tote Mann, die Revolverkugel, die wie ein Sprengkörper gewirkt und eine Wunde geschlagen hatte, der unmittelbar der Tod gefolgt sein mußte. So lagen die Dinge bei dem Park-Lane-Mord, und der Fall wurde noch verworrener, da jedes Motiv fehlte und der junge Adair, wie ich bereits erwähnte, anscheinend keine Feinde hatte. Es sah auch nicht so aus, als sei Geld oder sonst etwas Wertvolles aus dem Zimmer entfernt worden.

Unentwegt dachte ich über das alles nach und versuchte eine Theorie zu finden, die alle Fakten vereinigte, um dann den Punkt des geringsten Widerstandes aufzuspüren, den mein armer Freund als die unerläßliche Voraussetzung für jede Untersuchung bezeichnet hatte. Um der Wahrheit die Ehre zu geben: Ich kam kaum voran. Am Abend lief ich ziellos im Park herum und fand mich so gegen sechs Uhr an der Ecke Oxford Street — Park Lane. Eine Gruppe Neugieriger auf dem Bürgersteig, die alle zu einem Fenster emporstarrten, zeigte mir, um welches Haus es sich handelte. Ein großer, magerer Mann mit einer Sonnenbrille — ich nahm an, daß es ein Kriminalbeamter in Zivil war — gab gerade seine Theorie zum besten, während sich die Leute um ihn scharten. Ich drängte mich so nah an ihn heran, wie ich nur konnte, aber seine Ansichten kamen mir derart absurd vor, daß ich mich ziemlich bald verärgert zurückzog. Dabei rempelte ich einen ältlichen, verwachsenen Mann an, der hinter mir gestanden hatte, und stieß ein paar Bücher, die er unter dem Arm gehalten hatte, zu Boden. Ich erinnere mich, daß mir ein Titel auffiel, als ich sie aufhob: *The Origin of Tree Worship*, und ich dachte dabei, er sei wohl ein armer Bibliophile, der, ob nun von Berufs wegen oder als Hobby, solche obskuren Bücher sammele. Ich entschuldigte mich, so gut ich konnte, aber ohne Erfolg, denn diese Bücher, die ich so unsanft behandelt hatte, stellten in den Augen ihres Besitzers offenbar unschätzbare Kostbarkeiten dar. Mit einem verächtlichen Schnauben drehte er sich abrupt um, und ich sah nur noch seinen schiefen Rücken und den weißen Backenbart in der Menge untertauchen.

Der Anblick von Park Lane Nr. 427 trug wenig zur Erhellung des Problems bei, das mich beschäftigte. Das Haus wurde durch eine niedrige Mauer und ein Geländer von der Straße getrennt, die zusammen nicht höher als etwa anderthalb Meter waren. Ein Kinderspiel also, in den Garten zu gelangen. Das Fenster jedoch war unerreichbar; es gab weder eine Dachrinne noch sonst etwas, das auch dem gelenkigsten Mann die Möglichkeit geboten hätte, hinaufzuklettern. Verwirrter denn je lenkte ich meine Schritte nach Kensington. Ich war noch keine fünf Minuten im Haus, als das Mädchen erschien und meldete, jemand wünsche mich zu sprechen. Zu meiner Überraschung war der Besucher kein anderer als mein sonderbarer Bibliophile von vorhin; sein scharfes, zerknittertes Gesicht lugte aus dem weißen

Haarkranz hervor, und er trug unter dem Arm mindestens zwölf seiner kostbaren Bücher.

»Sie wundern sich sicher, mich hier zu sehen, Sir«, sagte er mit einer seltsam krächzenden Stimme.

Ich konnte nicht umhin, ihm recht zu geben.

»Sehen Sie«, sagte er, »ich machte mir Vorwürfe, und als ich Sie dann zufällig in dieses Haus eintreten sah — ich humpelte hinter Ihnen her — da sagte ich mir, ich schau' mal kurz 'rein und sag' dem netten Herrn, daß ich es ja nicht so gemeint habe, ich meine, daß ich vorhin so ärgerlich war, und dann, ich bin Ihnen wirklich dankbar, Sie haben ja schließlich meine Bücher aufgelesen.«

»Ich bitte Sie«, wehrte ich verlegen ab, »Sie machen viel zuviel Aufhebens von dieser Kleinigkeit. Darf ich aber fragen, woher Sie wissen, wer ich bin?«

»Nun, ich möchte nicht aufdringlich erscheinen, Sir, aber ich bin sozusagen ein Nachbar von Ihnen: Mein kleiner Buchladen ist gleich hier an der Ecke, Church Street, und ich würde mich glücklich schätzen, Sie bei mir begrüßen zu dürfen. Vielleicht sind Sie sogar selbst Sammler? Hier habe ich *British Birds* und *Catullus* und hier noch *The Holy War* — wirklich, alles einmalige Gelegenheiten. Mit fünf Bänden könnten Sie gut die Lücke dort oben auf dem zweiten Brett füllen. Es wirkt sonst so unharmonisch, finden Sie nicht, Sir?«

Ich wandte den Kopf, um mir den Bücherschrank anzusehen. Als ich mich wieder umdrehte, stand Sherlock Holmes vor mir und grinste mir über meinen Schreibtisch hinweg zu. Ich sprang auf, starrte ihn ein paar Sekunden wie eine Erscheinung an und dann muß ich wohl, zum ersten und letzten Male in meinem Leben, ohnmächtig geworden sein. Jedenfalls schwamm ein grauer Nebel vor meinen Augen, und als er sich wieder verzogen hatte, fand ich mich mit gelockertem Kragen und dem brennenden Nachgeschmack von Brandy auf den Lippen. Holmes stand über meinen Sessel gebeugt, seine Taschenflasche in der Hand.

»Mein lieber Watson«, sagte die wohlvertraute Stimme, »verzeih mir. Ich hätte nie gedacht, es könnte dich so umwerfen.«

Ich griff nach seinem Arm.

»Holmes!« schrie ich, »bist du es wirklich? Du lebst? Du hast dich also aus jener furchtbaren Schlucht retten können?«

»Immer mit der Ruhe, mein Junge«, beschwichtigte er mich. »Bist du sicher, daß dir das Reden nichts mehr ausmacht? Ich habe dir durch meinen unnötig dramatischen Auftritt einen gehörigen Schrecken versetzt.«

»Ich bin wieder völlig in Ordnung. Aber ernsthaft, Holmes, ich weiß nicht, ob ich meinen Augen trauen kann! Die Vorstellung, daß du — ausgerechnet du und kein anderer — in meinem Zimmer stehst!« Wieder griff ich nach seinem Ärmel und fühlte den mageren, sehnigen Arm darunter. »Immerhin, du bist kein Gespenst«, sagte ich. »Mein lieber Freund, wie du merkst, bin ich fassungslos vor Freude, dich zu sehen. Setz dich und sag mir, wie du lebend aus dem Abgrund herausgekommen bist.«

Er setzte sich mir gegenüber und zündete sich mit der alten, nonchalanten Art eine Zigarette an. Er trug noch immer den schäbigen Anzug des Buchhändlers, aber der Rest dieses Individuums, nämlich der weiße Haar- und Bartkranz und die Bücher, lag auf dem Tisch.

Holmes sah noch hagerer und eckiger aus als früher, vor allem aber verriet mir die Totenblässe auf seinem Adlergesicht, daß er in der letzten Zeit keinesfalls gesund gelebt hatte.

»Bin ich froh, mich wieder strecken zu dürfen, Watson«, sagte er. »Für einen Mann meiner Größe ist es nicht gerade angenehm, sich ein paar Stunden lang um dreißig Zentimeter zusammenzuquetschen. Damit sind wir aber schon wieder beim Fachsimpeln. Höre, Watson, ich möchte dich um deine Mitarbeit bitten — uns steht eine schwere und gefährliche Nacht bevor. Vielleicht ist es auch besser, ich gebe dir erst einen vollständigen Bericht über die Zusammenhänge, wenn wir alles hinter uns haben.«

»Aber ich platze vor Neugier! Ich möchte viel lieber jetzt alles hören!«

»Das heißt also, du kommst heute nacht mit?«

»Du weißt doch: wann und wohin du willst!«

»Ach, das ist wirklich genau wie in alten Zeiten. Bevor wir aufbrechen, können wir ja noch eine Kleinigkeit essen. Gut —

also, was die Schlucht anbetrifft ... Weißt du, es fiel mir keineswegs schwer, da wieder herauszukommen, und zwar aus dem einfachen Grund, weil ich nie drin gewesen bin.«

»Was sagst du — du warst nie dort?«

»So ist es, Watson, du hast richtig gehört. Und meine Nachricht an dich war trotzdem keine Finte. Als ich die unheimliche Gestalt Professor Moriartys auf dem schmalen Pfad, der in die Sicherheit führte, auftauchen sah, hatte ich das ziemlich sichere Gefühl, am Ende meiner Tage angelangt zu sein. In seinen grauen Augen stand ein unabwendbarer Entschluß. Ich wußte, was das bedeutete, sprach dann noch kurz mit ihm und erhielt die höfliche Erlaubnis, die kurzen Zeilen zu schreiben, die du später gefunden hast. Ich ließ sie zusammen mit meinem Zigarettenetui und meinem Stock zurück und ging langsam den Pfad entlang, Moriarty mir immer auf den Fersen. Am Ende des Weges angelangt, war ich in der Falle. Er hatte keine Waffe, aber er sprang auf mich zu und umklammerte mich mit seinen langen Armen wie eine Spinne. Er wußte, sein Spiel war aus, er wollte nur noch seine Rache haben. Wir wankten zusammen bis an den Rand des Abgrunds. Nun, ich kenne mich immerhin etwas in *Baritsu* aus, der Art, wie Japaner ringen, das hat mir schon mehr als einmal genutzt. Plötzlich entwand ich mich seinem Griff, er schrie auf, schwankte ein paar Augenblicke und versuchte, mit den Armen um sich schlagend, das Gleichgewicht wiederzugewinnen. Alle Anstrengung war umsonst: Er fiel. Über den Rand der Klippe gebeugt, sah ich ihn stürzen, die ganze Höhe hinunter. Dann streifte er einen Felsen, prallte ab und verschwand schließlich im Wasser.«

Atemlos lauschte ich diesem Bericht, der nur dann und wann unterbrochen wurde, wenn Holmes an seiner Zigarette zog.

»Aber die Fußspuren«, rief ich dann. »Ich hab' doch mit diesen meinen eigenen Augen gesehen, daß zwei Menschen den Pfad hinaufgingen und keiner zurück!«

»Paß auf, das war so: Im selben Augenblick, als der Professor verschwunden war, kam mir zu Bewußtsein, welch einmalige Chance mir das Schicksal geboten hatte. Außerdem wußte ich ja, daß Moriarty nicht der einzige gewesen war, der meinen Tod wünschte. Es gab mindestens drei Leute, deren Rachedurst durch den Tod ihres Anführers nur noch gesteigert würde. Und es waren höchst gefährliche Männer — erwischte mich nicht der eine, so doch der andere. Wenn aber die ganze Welt glaubte, ich sei tot, würden sie sich in Sicherheit wiegen und sich verraten, und früher oder später könnte ich sie fassen. Dann erst wollte ich wieder auftauchen und zeigen, daß ich noch immer im Land der Lebenden weile. All diese Überlegungen jagten sich so rasend schnell in meinem Kopf, daß ich zu diesem Schluß gelangt war, ehe Professor Moriarty den Grund des Reichenbach-Falls erreicht hatte.

Ich stand dann also wieder auf und betrachtete mir die Felswand in meinem Rücken. In deinem anschaulichen Bericht, den ich Monate später las, behauptetest du, die Felswand sei völlig glatt. Das stimmt nicht. Es gab da ein paar schmale Stufen und die Andeutung eines Simses. Der Felsen ist so hoch, daß es unmöglich ist, ihn ganz zu erklimmen, ebensowenig konnte ich den feuchten Pfad zurückgehen, ohne Fußabdrücke zu hinterlassen. Natürlich hätte ich rückwärts gehen können, wie ich es schon verschiedentlich getan habe, aber drei Fußspuren in einer Richtung hätten sicherlich an ein Täuschungsmanöver denken lassen. Alles in allem entschloß ich mich also für den Aufstieg. Du kannst mir glauben, Watson, das war kein angenehmes Abenteuer: Unter mir donnerte der Fall — ich leide bestimmt nicht unter Zwangsvorstellungen, aber ich schwöre dir, ich meinte Moriarty aus dem Abgrund nach mir schreien zu hören. Ein einziger falscher Schritt wäre das Ende gewesen. Mehr als einmal, wenn Grasbüschel unter meiner Hand nachgaben oder mein Fuß auf dem nassen Gestein ausglitt, dachte ich, jetzt ist es aus mit mir. Aber ich gab nicht auf, kroch Zentimeter um Zentimeter weiter und erreichte schließlich eine Art Felsbank; sie war einige Fuß breit und mit weichem, grünem Moos bedeckt. Dort konnte ich mich ungesehen bequem ausruhen, und dort lag ich, als du, mein Lieber, und all die anderen, die mit dir kamen, so teilnahmsvoll und so rührend ungeschickt die näheren Umstände meines Todes untersuchten.

Dann, als ihr endlich zu eurer unvermeidlichen, aber völlig

irrigen Schlußfolgerung gelangt wart und zum Hotel aufbracht, war ich wieder allein. Fast glaubte ich schon, mein Abenteuer sei beendet, als mich ein Ereignis eines Besseren belehrte; ich hatte noch ein paar Überraschungen zu erwarten. Ein riesiger Felsbrocken sauste von oben an mir vorbei, streifte den Pfad und stürzte in den Abgrund. Im ersten Augenblick dachte ich, das sei ein Zufall, aber als ich dann hinaufschaute, sah ich den Kopf eines Mannes, der sich gegen den dunklen Himmel abhob, und dann traf ein zweiter Felsbrocken die Steinplatte, auf der ich lag, kaum einen Fuß von mir entfernt. Jetzt war die Bedeutung dieses Vorfalls deutlich genug; Moriarty war nicht allein gewesen, er hatte einen Helfer gehabt.

Ich brauchte nicht lange, um das zu begreifen, Watson. Wieder sah ich das finstere Gesicht über dem Rand der Klippe und kletterte schnell zum Weg hinunter; ruhigen Blutes konnte ich es nicht tun. Es war hundertmal schwerer, als hinaufzugelangen. Aber ich hatte keine Zeit, Gedanken daran zu verschwenden, denn schon sauste ein neuer Stein haarscharf an mir vorbei, während ich mich mit den Händen am Rand der Plattform festklammerte. Die Hälfte der Strecke rutschte ich, kam aber zum Glück lebend, wenn auch arg zerschunden und zerkratzt unten auf dem Pfad an. Dann machte ich, daß ich fortkam, brachte in der Dunkelheit zehn Meilen quer über die Berge hinter mich und befand mich eine Woche später in Florenz: mit der Gewißheit, daß kein einziger Mensch in der ganzen Welt genau wußte, was aus mir geworden war.

Ich zog nur einen Menschen ins Vertrauen: meinen Bruder Mycroft. Du mußt mir das verzeihen, mein lieber Watson, aber es war für mich lebensnotwendig, daß man mich allgemein für tot hielt; und du hättest es niemals fertiggebracht, mein unglückliches Ende so überzeugend zu schildern, wenn du nicht selbst davon überzeugt gewesen wärest. Mehrmals im Lauf der letzten drei Jahre war ich schon drauf und dran, dir zu schreiben, aber jedesmal hemmte mich dann die Furcht, deine herzliche Zuneigung zu mir könnte dich zu irgendeiner ungewollten Indiskretion verleiten, die mein Geheimnis zerstört hätte. Das war auch der Grund, warum ich mich heute abend, nachdem du meine Bücher aufgesammelt hattest, so brüsk von dir abwandte: Ich befand mich in Gefahr, und jedes spontane Zeichen der Überraschung oder Ergriffenheit wäre ein Hinweis auf meine Identität gewesen und hätte nicht wiedergutzumachende Folgen herbeiführen können. Mycroft mußte ich mich anvertrauen, da ich Geld brauchte. Doch die Dinge in London liefen nicht so günstig, wie ich gehofft hatte. Die Anklage ließ zwei der gefährlichsten Kumpane Moriartys, spezielle Freunde von mir, ungeschoren. Deshalb reiste ich zwei Jahre kreuz und quer durch Tibet, besuchte Lhasa und verbrachte ein paar Tage mit dem obersten Lama. Vielleicht hast du von den bemerkenswerten Forschungsergebnissen eines Norwegers namens Sigerson gelesen, von deinem Freund erhieltest du jedoch niemals eine Nachricht. Ich fuhr dann durch Persien, war in Mekka und Khartoun; meine Beobachtungen habe ich dem Auswärtigen Amt mitgeteilt. Zurückgekehrt nach Europa, verbrachte ich einige Monate in Frankreich und beschäftigte mich mit Untersuchungen über die Kohlenteer-Gewinnung, die ich in Montpellier, in Südfrankreich, leitete. Nachdem ich dort ein zufriedenstellendes Resultat erzielt und außerdem erfahren hatte, daß nur noch einer meiner Feinde in London war, entschloß ich mich, nach England zurückzukehren. Und dann kam die Nachricht von dem geheimnisvollen Park-Lane-Mord und trieb mich zur höchsten Eile an. Denn nicht nur, daß der Fall selbst reizvoll war, er schien mir auch in anderer Weise ganz bestimmte Möglichkeiten zu bieten. Ich fuhr also sofort nach London, erschien in eigenster Gestalt in der Baker Street, brachte dadurch Mrs. Hudson in hysterische Zustände und stellte erfreut fest, daß Mycroft meine Räume und meine Papiere unangetastet gelassen hatte. Und so kam es denn, mein Lieber, daß ich mich heute um zwei Uhr in meinem alten Sessel und in meinem alten Zimmer fand und nur den einen Wunsch hatte, nämlich auch meinen Freund Watson mir gegenüber in dem anderen Sessel zu sehen, den er so oft geziert hatte.«

Das also war die seltsame Geschichte, der ich an jenem Aprilabend lauschte — eine Geschichte, die ich nie für wahr gehalten hätte ohne die hohe, hagere Gestalt mit dem scharfen, klugen

17

Gesicht, die zu sehen ich jede Hoffnung begraben hatte, vor meinen eigenen Augen. Auf irgendeine Weise hatte er von dem schmerzlichen Verlust, der mich betroffen hatte, erfahren, und sein Mitgefühl zeigte sich mehr in seiner ganzen Art als in Worten.

»Arbeit ist die beste Medizin, mein lieber Watson«, sagte er. »Und uns beiden steht heute nacht eine Aufgabe bevor, die — wenn wir sie meistern — allein schon für einen Mann Grund genug sein sollte, auf diesem Planeten zu leben.« Umsonst bat ich ihn, mir mehr zu verraten. »Du wirst noch vor morgen früh genug zu sehen und zu hören bekommen«, wehrte er ab. »Vorläufig haben wir ganze drei vergangene Jahre zum Gesprächsstoff, laß uns damit bis halb zehn auskommen und dann in unser Abenteuer steigen.«

Die drei Jahre waren wie ausgelöscht, als ich zur angegebenen Stunde neben ihm in einer Droschke saß, meinen Revolver in der Tasche, und dem Abenteuer entgegenfieberte. Holmes selbst blieb während der Fahrt kühl, ernst und schweigsam, und als der Schein der Straßenlaternen sein Gesicht streifte, sah ich, daß er die Augenbrauen grübelnd zusammengezogen und die schmalen Lippen fest aufeinandergepreßt hatte. Wenn ich auch nicht wußte, welch wildes Tier wir im Dschungel der Londoner Unterwelt stellen wollten, so verhieß das sardonische Lächeln, das ab und an in seinen Augen aufblitzte, unserem Opfer wenig Gutes.

Ich hatte geglaubt, wir seien zur Baker Street unterwegs, aber Holmes ließ den Wagen an der Ecke Cavendish Square halten. Ich merkte, daß er beim Aussteigen mißtrauisch nach rechts und links blickte, und er vergewisserte sich auch an allen folgenden Straßenecken sorgfältig, daß uns niemand folgte. Unser Weg war merkwürdig genug. Holmes kannte die Seitenstraßen Londons wie kein anderer, und nun durchquerte er schnell und sicher ein ganzes Labyrinth von Hinterhöfen und Schuppen, deren Existenz ich noch nicht einmal geahnt hatte. Schließlich stießen wir auf eine schmale Straße, eingefaßt von düsteren alten Häusern, die uns zur Manchester Street und dann zur Blandford Street führte. Hier nun verschwand er plötzlich in einem schma-

18

len Durchgang, schlüpfte durch ein Holztor in einen verlassenen Hof und schloß dann die Hintertür des Gebäudes auf. Gemeinsam traten wir ein, worauf er die Tür wieder sicherte. Obwohl es um uns pechdunkel war, merkte ich, daß wir uns in einem leeren Haus befanden. Unsere Schritte knirschten und quietschten auf den nackten Bodenplanken, und meine ausgestreckte Hand fühlte eine Wand, von der die Tapeten in Fetzen herunterhingen. Dann schlossen sich Holmes' magere, kühle Finger um mein Gelenk, und er dirigierte mich durch einen langen Flur, bis ich schließlich undeutlich und verschwommen das Oberlicht über einer Tür wahrnehmen konnte. Plötzlich machte Holmes eine Wendung nach rechts, und dann standen wir in einem großen, quadratischen Raum, der leer war und in dessen Ecken finstere Schatten lagen; nur in der Mitte wurde er spärlich durch das von der Straße eindringende Licht der Laternen erhellt. Es gab keine Lampe, und die Schmutzschicht auf den Fensterscheiben war so dick, daß wir einander nur undeutlich sehen konnten. Holmes legte seine Hand auf meine Schulter und preßte die Lippen dicht an mein Ohr. »Weißt du, wo wir sind?« flüsterte er. »Das muß die Baker Street sein«, antwortete ich und starrte durch das schmierige Fenster.

»Stimmt, wir sind im Camden House, genau gegenüber unserer alten Wohnung.«

»Aber warum das?«

»Wir haben von hier aus einen ausgezeichneten Blick auf den Häuserblock der anderen Seite. Und jetzt, mein lieber Watson, stell dich bitte näher ans Fenster, gib aber acht, daß man dich nicht sehen kann, und schau dir unsere alten Zimmer an, wo so viele unserer kleinen Abenteuer begonnen haben. Ich bin gespannt, ob ich in meiner dreijährigen Abwesenheit wirklich die Fähigkeit verloren habe, dich zu überraschen.«

Ich bewegte mich vorsichtig vorwärts und sah zu dem altvertrauten Fenster hinüber. Nur mit Mühe konnte ich einen Ruf des Erstaunens ersticken: Der Vorhang war zur Seite gezogen, innen brannte ein helles Licht, und im erleuchteten Fenster sah ich die klaren, scharfen Konturen eines Mannes, der in einem Sessel saß. Ein Irrtum war ausgeschlossen: die Haltung des

Kopfes, die breiten Schultern, das scharfe Profil. Das Gesicht war zur Seite gekehrt, es wirkte wie einer jener Scherenschnitte, die unsere Großeltern so geliebt haben. Mit einem Wort: ein vollkommenes Ebenbild Holmes'! Ich war dermaßen verwirrt, daß ich die Hand ausstreckte, um mich zu überzeugen, ob er wirklich neben mir stand. Er bebte vor unterdrücktem Lachen.

»Nicht schlecht, was?«

»Herr im Himmel«, rief ich, »das ist ja phantastisch!«

»Ich schmeichele mir, daß selbst der Zahn der Zeit meiner Verwandlungskunst nichts nehmen kann, noch daß sie schal wird durch Gewohnheit«, deklamierte er, und ich hörte aus seiner Stimme die Freude und den Stolz heraus, den der Künstler für sein gelungenes Werk empfindet.

»Sieht mir schon ziemlich ähnlich, wie?«

»Ich hätte jeden Eid geleistet, dich selbst vor mir zu haben.«

»Ja, das haben wir Monsieur Oscar Meunier aus Grenoble zu verdanken. Er hat ein paar Tage dafür gebraucht. Das Ding da ist eine Wachsbüste, den Rest besorgte ich selber, als ich heute nachmittag in der Baker Street war.«

»Aber sag mir, wozu das alles?«

»Ich habe einen triftigen Grund, mein Lieber, gewisse Leute glauben zu machen, ich sei zu Haus, während ich in Wirklichkeit ganz woanders bin.«

»Du meinst also, die Wohnung wird beobachtet?«

»Ich meine es nicht, ich weiß es.«

»Und von wem?«

»Von meinen alten Freunden, der reizenden Gesellschaft, deren Oberhaupt im Reichenbach-Fall liegt. Du mußt dir klarmachen, sie — und zwar einzig und allein sie — wissen, daß ich noch lebe. Früher oder später, so sagten sie sich, würde ich in meine Wohnung zurückkommen. Sie haben sie die ganze Zeit nicht aus den Augen gelassen, und endlich, heute morgen, sahen sie mich ankommen.«

»Woher willst du das wissen?«

»Ich bemerkte ihren Posten, als ich aus dem Fenster blickte. Wirklich, ein reichlich einfältiger Bursche, dieser Parker, seine Spezialität ist Erdrosseln, und er ist bemerkenswert geschickt mit dem Brummeisen. Auf ihn achtete ich weiter nicht, kümmerte mich aber um so mehr um seinen weit gefährlicheren Hintermann, den engsten Freund Moriartys, der damals die Felsbrocken über die Klippe geworfen hat. Das ist der Mann, hinter dem wir heute nacht her sind, Watson, und er weiß nicht, daß wir ihn verfolgen!«

Nach und nach enthüllten sich die Pläne meines Freundes. Von unserem Versteck aus beobachteten wir die Beobachter und verfolgten die Verfolger. Der kantige Schatten im Fenster war der Köder, und wir waren die Jäger. Schweigend verharrten wir im Dunkeln und blickten prüfend auf alle Gestalten, die draußen vorübergingen. Es war eine kalte Nacht, und der Wind pfiff schrill durch die lange Straße. Viele Leute waren unterwegs, die meisten in Mäntel und dicke Schals vermummt. Ein- oder zweimal meinte ich, einen Passanten zum zweitenmal zu sehen; besonders fielen mir zwei Männer auf, die sich, wohl zum Schutz vor dem Wind, in einem Hauseingang unterstellten, ziemlich weit von uns entfernt in der Straße. Ich wollte meinen Freund auf sie aufmerksam machen, bekam aber nur ein ungeduldiges Schnauben zur Antwort. Dann starrte er wieder auf die Straße, scharrte mit den Füßen und trommelte noch heftiger mit den Fingern gegen die Wand. Ich merkte, daß er unruhig war und die Dinge anscheinend nicht so liefen, wie er gehofft hatte. Als es dann auf Mitternacht zuging und die Straße sich leerte, begann er unruhig im Raum hin und her zu gehen. Ich wollte ihn gerade ansprechen, als ich zu dem erleuchteten Fenster emporschaute und wiederum eine Überraschung erlebte, die der ersten nicht nachstand. Ich umklammerte Holmes' Arm und wies hinauf: »Der Schatten hat sich bewegt!« flüsterte ich. In der Tat, uns war nicht mehr das Profil, sondern der Rücken der Gestalt zugekehrt.

Die drei vergangenen Jahre hatten sein Temperament nicht gebändigt, noch hatten sie ihn einer schwächeren Intelligenz als der seinen gegenüber nachsichtiger gestimmt.

»Natürlich hat er sich bewegt«, sagte er ungeduldig. »Hast du etwa geglaubt, ich sei so naiv, eine schlichte Strohpuppe dorthin zu postieren und anzunehmen, einer der gerissensten Gauner

Europas würde darauf hereinfallen? Wir sind jetzt zwei Stunden hier, und Mrs. Hudson hat achtmal die Stellung der Figur verändert, mit anderen Worten: jede Viertelstunde einmal, und zwar so, daß ihr eigener Schatten dabei nicht sichtbar wurde. Da ...!« Mit einem scharfen, erregten Zischen hielt er den Atem an, und in dem diffusen Licht sah ich, wie sein Kopf vorschnellte. Alles an ihm zeigte höchste Spannung. Vielleicht drückten sich jene zwei Männer in einem Torweg oder Hauseingang herum, jedenfalls konnte ich sie nirgends entdecken. Alles um uns war still und dunkel, alles bis auf das leuchtende gelbe Rechteck dort oben, mit der scharf umrissenen Silhouette in seiner Mitte. Und wieder hörte ich in der völligen Stille diesen zischenden Laut, den Ausdruck einer nur mühsam zurückgehaltenen Erregung. Im nächsten Augenblick zerrte Holmes mich in die finsterste Ecke des Zimmers, und ich fühlte, wie er mir warnend die Hand auf die Lippen legte. Seine Finger zitterten. Nie bisher hatte ich meinen Freund so aufgeregt erlebt; und immer noch lag die Straße einsam und ruhig vor uns.

Und dann verstand ich, was sein schärferes Gehör bereits wahrgenommen hatte: ein schwaches, verstohlenes Geräusch, und zwar kam es nicht von der Straße her, sondern aus dem Haus, in dem wir uns versteckthielten. Eine Tür wurde geöffnet und geschlossen. Einen Augenblick später vernahmen wir schleichende Schritte im Flur, Schritte, die leise sein sollten, aber in dem leeren Haus laut widerhallten. Holmes preßte sich eng an die Wand, ich tat es ihm nach und umklammerte den Griff meines Revolvers. In der Finsternis konnte ich gerade den undeutlichen Umriß eines Mannes erkennen, der sich von dem kaum helleren Viereck der Tür abhob. Er blieb vielleicht eine Sekunde stehen und schlich dann geduckt in den Raum. Er war etwa zwei Meter von uns entfernt, und ich bereitete mich schon darauf vor, seinem Angriff zu begegnen, als mir ganz klar wurde, daß er von unserer Gegenwart nichts ahnte. Er ging nahe an uns vorbei, schlich zum Fenster und schob es etwa um eine Spanne hoch. Als er sich zu der Öffnung niederbeugte, fiel das Straßenlicht, nun nicht mehr von den verschmierten

Scheiben gehemmt, voll auf sein Gesicht. Der Mann schien in höchster Erregung zu sein: Seine Augen flackerten, und die hageren Züge verkrampften sich. Er war nicht mehr jung, hatte eine schmale, vorspringende Nase, eine hohe, kahle Stirn und einen üppigen Schnurrbart in einem undefinierbaren Grau. Er trug einen Zylinder, auf den Hinterkopf zurückgeschoben, und aus dem Mantel leuchtete ein Smokinghemd. In der Hand hielt er einen langen Gegenstand, der wie ein Stock aussah, aber als er ihn auf den Boden legte, gab er einen metallischen Ton. Dann zog er etwas aus der Manteltasche und hantierte damit eine Zeitlang herum, bis ein scharfes »Klick« zu hören war, so als sei eine Feder zurückgesprungen oder eine Kugel an ihren Platz gerutscht. Immer noch am Boden kauernd, beugte er sich vor und verwendete offensichtlich viel Kraft darauf, einen Hahn zu spannen, was ein knirschendes Geräusch ergab, das in einem weiteren »Klick« endete.

Er erhob sich, und erst da sah ich, daß er eine Art Gewehr in der Hand hielt. Ein Gewehr mit seltsam unförmigem Kolben. Er öffnete ihn, steckte etwas hinein und ließ ihn zuschnappen. Darauf kniete er sich wieder hin und lehnte den Lauf auf die untere Kante des Fensters. Sein langer Schnurrbart fiel über die Waffe, und sein mir zugewandtes Auge glühte, als er sein Ziel visierte. Er stieß einen leisen, befriedigten Seufzer aus, während er das Gewehr in Anschlag brachte, bis er die wunderbare Schießscheibe — schwarzer Mann im gelben Feld — genau vor Kimme und Korn hatte. Einen Augenblick verharrte er starr und bewegungslos, dann krümmten sich seine Finger um den Abzug, ein seltsam lautes Pfeifen folgte, ein Knall und das lang anhaltende Klirren zerspringenden Glases — da sprang Holmes wie eine Katze auf den Rücken des Schützen und warf ihn mit dem Gesicht nach unten zu Boden. In der nächsten Sekunde war der aber wieder auf den Beinen und packte Holmes mit unheimlicher Kraft an der Gurgel, ich schlug ihm den Knauf meines Revolvers auf den Schädel, und er sackte zusammen. Ich warf mich auf ihn, und während ich ihn festhielt, blies mein Freund schneidend auf einer Trillerpfeife. Gleich darauf hörten wir Schritte auf dem Pflaster, und zwei uniformierte Polizisten stürmten, von einem Beamten in Zivil gefolgt, ins Zimmer.

»Sie sind es, Lestrade?« fragte Holmes.

»Ja, Sir, ich habe den Auftrag selbst übernommen. Es ist schön, Mr. Holmes, Sie wieder in London zu sehen.«

»Sie meinen, etwas inoffizielle Hilfe könnte Ihnen nicht schaden? Nun, drei unaufgeklärte Morde in einem Jahr, das ist natürlich zuviel, Lestrade. Allerdings: Den Molesey-Fall haben Sie anders als sonst angepackt — ich will damit sagen, Sie haben gute Arbeit geleistet.«

Inzwischen waren wir alle auch wieder auf den Beinen: unser Gefangener, schweratmend, rechts und links von einem Polizisten bewacht. Auf der Straße hatten sich bereits Neugierige angesammelt. Holmes ging zum Fenster, schloß es und zog die Läden vor. Lestrade zauberte ein paar Kerzen aus seinen Taschen und zündete sie an, während die beiden Polizisten ihre Laternen aufblendeten. Endlich konnte ich unseren Gefangenen genauer betrachten. Das uns zugewandte Gesicht deutete auf männliche Härte und ein düsteres Gemüt. Mit der Stirn eines Philosophen und dem gierigen Mund eines Sinnenmenschen war dieser Mann von der Natur anscheinend für den Weg zum Guten wie auch zum Bösen ausgestattet. Aber man konnte nicht auf die grausamen blauen Augen unter den schweren Lidern schauen, auf die wie ein Schnabel vorspringende Nase und die zerklüftete Stirn, ohne zurückzuschrecken. Er beachtete keinen von uns, nur an Holmes' Gesicht hingen seine Augen mit einem Ausdruck, in dem Haß und Unglauben miteinander stritten.

»Kanaille«, murmelte er unablässig, »verdammte ...«

»Nun, Colonel«, sagte Holmes, während er seinen Kragen in Ordnung brachte. »›Alte Freunde finden sich immer wieder‹ — heißt es nicht so? Und ich glaube, ich hatte nicht mehr das Vergnügen, seit Sie mich am Reichenbach-Fall mit Ihren Aufmerksamkeiten bedachten.«

Der Colonel starrte immer noch wie hypnotisiert meinen Freund an, man hatte fast den Eindruck, er sei in Trance.

». . . schlauer Bursche!« das war alles, was von ihm zu hören war.

»Ich habe Sie bisher noch nicht miteinander bekannt gemacht«, sagte Holmes. »Das, meine Herren, ist Colonel Sebastian Moran, ehemals Mitglied der Indischen Armee Ihrer Majestät und der beste Scharfschütze, den unser östliches Kaiserreich jemals hervorgebracht hat. Ich gehe doch nicht fehl in der Behauptung, daß die Zahl der von Ihnen geschossenen Tiger bisher noch nicht überboten wurde?«

Der grimmige Mann erwiderte nichts, fuhr jedoch fort, meinen Freund anzustarren; mit seinen wilden Augen und dem gesträubten Schnurrbart glich er selbst einem Raubtier.

»Ich verstehe nicht, wie ein so erfahrener Jäger auf meine simple Kriegslist hereinfallen konnte«, sagte Holmes. »So etwas müßte Ihnen doch vertraut sein. Haben Sie etwa noch nie ein junges Zicklein am Baum festgebunden, sich selbst hinaufbemüht und auf den hungrigen Tiger gewartet? Das leere Haus hier ist mein Baum. Vielleicht haben Sie noch mehr seltsame, aber weitreichende Flinten bei sich gehabt, für weitere Tiger, die aufkreuzen könnten? Oder für den Fall, daß Sie daneben träfen? Das wäre allerdings kaum anzunehmen. Und sehen Sie hier«, er deutete auf uns, »das sind meine weiteren Flinten. Ich glaube, der Vergleich dürfte stimmen.«

Colonel Moran sprang auf, wurde jedoch von den beiden Polizisten festgehalten. Der Zorn auf seinem Gesicht war unbeschreiblich.

»Ich muß gestehen, Sie haben mir eine kleine Überraschung bereitet«, sagte Holmes. »Daß auch Sie Gebrauch von diesem leeren Haus und dem so praktischen Vorderfenster machen würden, hatte ich nicht erwartet. Ich rechnete, Sie würden die Straße wählen, wo mein Freund Lestrade und seine fröhlichen Leute Sie erwarteten. Aber von dieser kleinen Abweichung vom Programm abgesehen, kam alles so, wie ich es erwartet hatte.«

Colonel Moran wandte sich an den Polizeibeamten: »Ob Sie im Recht oder Unrecht sind, mich festzuhalten, will ich jetzt nicht diskutieren«, sagte er. »Jedenfalls sehe ich keinerlei Grund, mich von diesem Menschen weiterhin verhöhnen zu

25

lassen. Wenn ich in den Händen des Gesetzes bin, so sorgen Sie
dafür, daß die Dinge ihren ordnungsgemäßen Lauf nehmen.«

»Nun, das ist nicht mehr als recht und billig«, sagte Lestrade.
»Möchten Sie noch etwas zur Sprache bringen, ehe wir aufbrechen, Mr. Holmes?«

Holmes hatte das mächtige Gewehr vom Boden aufgehoben
und untersuchte derweilen seinen Mechanismus.

»Eine ebenso bewundernswerte wie einmalige Waffe«, sagte
er, »ein Luftgewehr, lautlos und von ungeheurem Durchschlags-
vermögen. Ich kenne es von Herder, dem blinden deutschen
Mechaniker, der es im Auftrag Professor Moriartys konstruierte.
Daß es das gibt, wußte ich seit Jahren, aber bis heute hatte ich
noch nie Gelegenheit, es in der Hand zu halten. Darf ich dieses
Instrument Ihrer besonderen Aufmerksamkeit empfehlen, Lestrade, ebenso die Geschosse, die dazu gehören?«

»Da können Sie sich völlig auf uns verlassen, Mr. Holmes«,
sagte Lestrade, während wir alle zur Tür gingen. »Ist noch
etwas . . .?«

»Nur noch eine Frage: Welche Anklage gedenken Sie zu
erheben?«

»Welche Anklage? Nun, natürlich den versuchten Mord an
Mr. Sherlock Holmes, Sir!«

»Nicht doch, Lestrade! Ich möchte in diesem Zusammenhang
gar nicht erwähnt werden. Denn Ihnen, Ihnen allein gebührt
der Dank, diese bemerkenswerte Verhaftung durchgeführt zu
haben. Ja, Lestrade, ich beglückwünsche Sie! Mit der Ihnen
eigenen Mischung aus Geschicklichkeit und Kühnheit haben Sie
ihn erwischt.«

»Ihn erwischt? Wen meinen Sie denn, Mr. Holmes?«

»Den Mann, den der ganze Polizeiapparat vergebens gesucht hat: Dies ist Colonel Sebastian Moran, der Mann, der
Ronald Adair mit einem Spezialgeschoß aus einem Luftgewehr tötete, durch das geöffnete Fenster im zweiten Stock des
Hauses an der Park Lane, am 30. des letzten Monats. So lautet
die Anklage, Lestrade.

Wenn dir ein bißchen Zugluft wegen des zerbrochenen Fensters nichts ausmacht, Watson, würde ich vorschlagen, wir setzen

uns für eine halbe Stunde mit einer guten Zigarre in mein Arbeitszimmer. Vielleicht kannst du ein paar Dinge erfahren, die dich interessieren.«

Dank Mycroft Holmes' Aufsicht und der unermüdlichen Sorge Mrs. Hudsons waren unsere alten Räume unverändert. Zunächst fiel mir allerdings eine befremdliche Sauberkeit auf, aber es beruhigte mich, im übrigen alles auf dem alten Platz zu sehen: Da war die Laboratoriumsecke und der säureverfärbte, grobbrettige Tisch, dort das Bord mit der Reihe jener bemerkenswerten Sammlung von Zeitungsausschnitten und Notizbüchern, die so mancher unserer lieben Mitbürger gern verbrannt hätte. Und dann der Violinkasten, der Pfeifenständer, sogar der persische Pantoffel, der den Tabak beherbergte — lauter liebe Bekannte, die ich herzlich begrüßte. Und außerdem noch zwei Bewohner: Mrs. Hudson, die uns entgegenlief, als wir eintraten, und die Strohpuppe, die heute abend eine so wichtige Rolle gespielt hatte. Es war eine kolorierte Wachsfigur, auf einem Sockel befestigt, der auf dem Tisch stand und mit einem alten Hausmantel von Holmes bekleidet: so täuschend ähnlich, daß man sie von der Straße aus für den Meister selbst halten mußte.

»Sie haben doch alle Vorsichtsmaßnahmen befolgt, Mrs. Hudson?« fragte mein Freund.

»Ich bin immer auf den Knien hingerutscht, Sir, ganz wie Sie es gesagt haben.«

»Schön. Das haben Sie wirklich ausgezeichnet gemacht. Konnten Sie sehen, wo das Geschoß einschlug?«

»Ja, Sir. Leider hat es die wunderschöne Büste zerstört. Es schlug direkt durch den Kopf und prallte dann an der Wand ab. Nachher hab' ich es vom Teppich aufgehoben, hier ist es.«

Holmes hielt es mir entgegen. »Eine schlichte Patrone, wie du siehst, Watson. Man muß zugeben, eine geniale Erfindung — wer würde schon auf den Gedanken verfallen, so etwas sei aus einem Luftgewehr abgeschossen worden? Vielen Dank, Mrs. Hudson, ich bin Ihnen für Ihre Mitarbeit sehr verbunden. Und nun, mein lieber Watson, placier' dich in deinen alten Sessel, ich möchte einiges mit dir durchsprechen.«

Mittlerweile hatte er die schäbige Buchhändler-Jacke abgelegt, sich den Hausmantel von seinem Ebenbild ausgeborgt und war wieder ganz der vertraute Sherlock Holmes.

»Wie man sieht, haben die Nerven des alten Jägers nichts von ihrer Festigkeit und seine Augen nichts an Schärfe eingebüßt«, sagte er lachend, während er den zerschossenen Kopf der Wachspuppe betrachtete. »Einschuß mitten im Hinterkopf und Ausschuß vorn aus der Stirn. Er war der beste Schütze Indiens, und ich glaube, auch in London gibt es nur sehr wenige, die es mit ihm aufnehmen können. Sagte dir der Name etwas?«

»Nein, nie gehört.«

»Na ja, so geht's im Leben. Wenn ich nicht irre, hattest du damals auch noch nie von Professor Moriarty gehört, der doch einer der klügsten Köpfe unseres Jahrhunderts gewesen ist. Reich mir bitte das Verzeichnis der Biographien vom Bord.«

Im Sessel zurückgelehnt, dicke Tabakwolken vor sich hinpaffend, schlug er träge die Seiten um.

»Das Material unter ›M‹ ist ganz beachtlich«, sagte er. »Moriarty allein würde schon genügen, um einen Buchstaben auszufüllen, und dann noch Morgen, der Giftmörder, der schreckliche Merridew und schließlich Mathews, dem mein linker Vorderzahn im Bahnhof Charing Cross zum Opfer gefallen ist, na, und hier haben wir auch unseren Freund von heute nacht.«

Er reichte mir das Buch herüber, und ich las: »Moran, Sebastian, Colonel. Stellungslos. Ehemals bei den 1. Bengalore Pionieren. Geb. in London, 1840. Sohn von Sir Arthur Moran, C. B., früherer Minister für Persien. Eton und Oxford. Diente im Jowaki-Feldzug im Afghanischen Krieg, kämpfte dort bei Chrasiab (Auszeichnungen), Sherpur und Kabul. Autor von *Schwerer Einsatz im Westlichen Himalaya*, 1881; *Drei Monate im Dschungel*, 1884. Adresse: Conduit Street. Clubs: Englisch-Indischer, Tankerville, Bagatelle-Club.« Am Rand stand in Holmes' präziser Schrift die Bemerkung: »Der zweitgefährlichste Mann Londons.«

»Das ist doch merkwürdig«, sagte ich, während ich ihm den

Band zurückgab. »Der Mann hat den Lebenslauf eines ehrlichen Soldaten.«

»Das stimmt, und bis zu einem gewissen Zeitpunkt war er es auch. Eiserne Nerven hatte er immer schon; noch heute geht die Geschichte in Indien um, wie er ein ausgetrocknetes Flußbett hinuntergekrochen ist, um einen angeschossenen Tiger zu erwischen. Aber du weißt, Watson, es gibt in der Natur Bäume, die bis zu einer gewissen Höhe ganz normal und gerade wachsen und dann unvermutet eine häßliche Krümmung annehmen. Dasselbe kannst du auch beim homo sapiens beobachten. Ich vertrete die Theorie, daß der einzelne Mensch in seiner Entwicklung sämtliche Charaktereigenschaften seiner Vorfahren durchläuft und daß ein Umschlag zum Guten oder Bösen auf einen seiner Vorväter zurückzuführen ist, der plötzlich Einfluß gewinnt. So gibt ein Einzelner gleichsam den Querschnitt durch alle Anlagen seiner Familie.«

»Das scheint mir doch etwas zu phantastisch für eine ernsthafte Theorie.«

»Du hast recht, und ich versteife mich nicht darauf. Aber wie auch immer: Colonel Moran geriet auf den falschen Weg. Obwohl keinerlei Skandal in die Öffentlichkeit drang, wurde Indien ein zu heißer Boden für ihn. Er nahm seinen Abschied, kehrte nach London zurück und geriet wieder auf die schiefe Bahn. Zu dieser Zeit griff Professor Moriarty ihn auf und machte ihn zu seinem Stabschef. Er versorgte Moran großzügig mit Geld und betraute ihn mit ein paar Aufgaben, die kein gewöhnlicher Krimineller hätte ausführen können. Erinnerst du dich an den Tod von Mrs. Stewart, 1887? Nein? Ich bin fest überzeugt, daß Moran dahintersteckte. Natürlich konnte nichts bewiesen werden. Er war so gut abgesichert, daß man ihm nichts anhaben konnte, selbst als die Moriarty-Bande aufflog.

Und erinnerst du dich noch, wie ich einmal bei dir in der Praxis auftauchte und die Fensterläden schloß, aus Angst vor Luftgewehren? Du mußt mich damals für verrückt gehalten haben. Aber ich wußte, was ich tat, denn ich hatte von der Existenz dieses bemerkenswerten Gewehrs erfahren und auch, daß es in den Händen eines der besten Schützen der Welt war. Als wir damals, vor drei Jahren, in die Schweiz fuhren, folgte er uns mit Professor Moriarty.

Du kannst mir glauben, daß ich während meines Frankreich-Aufenthaltes die Zeitungen sehr sorgfältig las, immer in der Hoffnung, ihm auf die Spur zu kommen. Solange er in London frei herumlief, hätte sich mein Leben nicht gerade angenehm gestaltet. Tag und Nacht wäre sein Schatten mir gefolgt, und einmal hätte er ins Schwarze getroffen. Was blieb mir übrig? Ich konnte ihn nicht erschießen, ohne selbst auf der Anklage-bank zu landen. Sich an ein Gericht zu wenden, war auch wenig sinnvoll. Wie sollte man etwas in einer Sache unternehmen, die nur als Hirngespinst erscheinen mußte? Damit waren mir die Hände gebunden. So begnügte ich mich damit, die Kriminal-berichte zu verfolgen. Ich war überzeugt: Früher oder später würde ich ihn kriegen. Und dann kam der Mord an diesem Ronald Adair, und damit endlich meine Chance. Wenn man so-viel von den Tatsachen wußte wie ich, durfte man mit einiger Sicherheit annehmen, daß Moran der Mörder war. Er hatte mit dem Jungen Karten gespielt, war ihm vom Club aus gefolgt und hatte ihn durch das offenstehende Fenster erschossen. Darüber konnte es keinen Zweifel geben. Die Geschosse allein reichten aus, seinen Kopf in die Schlinge zu legen. Ich fuhr also über den Kanal und wurde natürlich sofort von seinen Spitzeln ge-sichtet; ich durfte fest damit rechnen, daß sie ihn über mein Auftauchen unterrichten würden. Er konnte meine Rückkehr sogar mit dem Mord in Zusammenhang bringen und gewarnt sein. Jedenfalls rechnete ich damit, daß er sogleich den Versuch unternehmen würde, mich aus dem Weg zu räumen, und zwar mittels seiner mörderischen Waffe. So baute ich mein Ziel für ihn auf und alarmierte die Polizei. Übrigens, Watson, du hast ihre Anwesenheit in dem Torweg mit deiner altbekannten un-fehlbaren Sicherheit gewittert! Ja, und dann suchte ich mir den passenden Platz für meine Beobachtung aus, der nun freilich auch der beste Platz für den Schützen war. Na, mein Lieber, ist noch etwas unklar?«

»Allerdings, du hast mir noch nicht verraten, welchen Grund

Colonel Moran hatte, den armen Ronald Adair umzubringen.

»Da geraten wir freilich ins Reich der Vermutungen, in dem auch das logischste Denken sich als falsch erweisen kann. Jeder sollte sich seine eigene Theorie bilden, und deine kann genauso richtig oder falsch sein wie meine.«

»Du hast dir also bereits eine Meinung gebildet?«

»Ich glaube, es ist nicht allzu schwer, die Tatsachen zu deuten. Es hieß doch, daß Colonel Moran und Jung-Ronald im gemeinsamen Spiel ziemlich viel gewonnen hatten. Moran spielte vermutlich falsch. Und ich nehme an, daß Adair dies am Tag des Mordes herausfand. Wahrscheinlich hat er den Oberst zur Rede gestellt und ihm mit Bloßstellung gedroht, zumindest verlangt, daß er aus dem Club austrat und das Kartenspiel überhaupt aufgab. Kaum anzunehmen, daß ein junger Mann wie Adair sofort einen Skandal heraufbeschwören würde, zumal es sich bei Colonel Moran um einen allgemein bekannten und außerdem bedeutend älteren Herrn handelte. Doch man kann nie wissen. Und allein schon der Ausschluß aus dem Club wäre für Moran dem Ruin gleichgekommen, da er ja vom Spiel — vom Falschspiel — lebte. So ermordete er Adair, als dieser gerade ausrechnete, wieviel er zurückzahlen mußte, da er nicht vorhatte, von den Betrügereien seines Partners zu profitieren. Er hatte sich eingeschlossen, da er von den heimkehrenden Damen nicht überrascht und nicht über die Bedeutung der Namen und Zahlen auf seinen Papieren ausgefragt werden wollte. Was meinst du: Könnte das der Wahrheit entsprechen?«

»Sicherlich hast du wieder einmal einen Nagel auf den Kopf getroffen!«

»Nun, vor Gericht wird diese These bestätigt oder widerlegt werden. Inzwischen aber, wie es auch kommen mag, kann uns Colonel Moran nicht länger beunruhigen; das berühmte von-Herder-Gewehr wird das Scotland-Yard-Museum bereichern, und ansonsten darf sich Mr. Sherlock Holmes wieder einmal mit all den kleinen, reizvollen Problemen befassen, die das Londoner Leben nun einmal täglich bietet.«

Die gefährliche Erbschaft

»Ich muß zu meinem Bedauern gestehen«, sagte Sherlock Holmes eines Tages, »seit dem Tod Professor Moriartys ist London für den Kriminalisten ein ausnehmend langweiliges Pflaster.«

»Ich kann mir kaum vorstellen, daß viele anständige Leute deine Meinung teilen«, entgegnete ich etwas mürrisch.

»Ja, schon gut«, sagte er lächelnd, während er seinen Stuhl vom Frühstückstisch zurückschob. »Ich weiß, ich sollte nicht so egoistisch denken. Zweifellos ist die Allgemeinheit der Gewinner, und niemand außer einem armen, brotlos und arbeitslos gewordenen Spezialisten hat Grund zum Klagen. Aber als dieser Mann noch auf dem Schlachtfeld des Lebens war — welch prickelndes Abenteuer bot da die Lektüre der Morgenzeitungen, wieviel Möglichkeiten standen offen! Oft war es ja nur eine winzige Spur, Watson, nur die Andeutung eines Hinweises, und doch genügte das, und ich wußte: Hier ist wieder der teuflische Geist am Werk, wie schon das leiseste Zittern des ausgespannten Netzes an die ekelhafte Spinne gemahnt, die im Zentrum lauert. Kleine Diebstähle, maßlose Drohungen, sinnlose Gewalttaten — und der Mann, der den Schlüssel besaß, konnte das alles zu einem zusammenhängenden Ganzen vereinen. Keine Hauptstadt Europas vermochte zu der Zeit dem Studenten in der Hohen Kunst der Kriminalistik mehr und besseres Material zu bieten als London. Und jetzt —« in komischer Verzweiflung zuckte er die Schultern, um seine Unzufriedenheit mit Lebensverhältnissen auszudrücken, zu denen er selbst doch so viel beigetragen hatte.

Zur Zeit dieses Gesprächs war Sherlock Holmes bereits seit einigen Monaten wieder in London; auf seine Bitte hin hatte ich meine Praxis aufgegeben und war wieder zu ihm in die alte

Wohnung in der Baker Street gezogen. Ein junger Arzt, namens Verner, hatte meine Kensingtoner Räume erworben und auch noch erstaunlich bereitwillig den höchsten Preis, den ich zu fordern gewagt hatte, gezahlt. Ein glücklicher Zufall oder, wie es mir vorkam, ein Wunder, das sich erst Jahre später aufklärte, als ich nämlich erfuhr, daß dieser Verner entfernt mit Holmes verwandt war und daß in Wahrheit mein Freund das Geld aufgebracht hatte. Die letzten Monate unseres Zusammenlebens waren gar nicht so arm an Ereignissen gewesen, wie Holmes es empfand; beim Durchsehen meiner Notizen stieß ich zum Beispiel auf den Fall von den Papieren des Ex-Präsidenten Murillo und auch auf die schreckliche Geschichte des holländischen Dampfers *Friesland*, wobei wir beide fast ums Leben gekommen waren. Doch ich schweife ab . . .

Holmes also lehnte sich in seinem Sessel, der diskret quietschend protestierte, zurück und wollte gerade friedlich die Morgenzeitung studieren, als unsere Ruhe durch heftiges Klingeln und Pochen — als schlüge jemand mit geballter Faust gegen die Haustür — gestört wurde. Dann hörten wir ein wirres Durcheinander, schnelle Schritte stürmten die Treppe hinauf, und im nächsten Augenblick stürzte ein verstörter junger Mann in unser Zimmer. Er blickte von einem zum anderen, und dann wurde ihm unter unseren fragenden Gesichtern wohl allmählich klar, daß er uns eine Erklärung und Entschuldigung für seinen Überfall schulde.

»Verzeihen Sie bitte vielmals, Mr. Holmes«, stotterte er, »bitte nehmen Sie mir diesen Auftritt nicht übel! Ich werde noch verrückt, ich bin der unglückliche John Hector McFarlane.«

Das brachte er in einem Ton heraus, als würde der Name allein sowohl den Grund seines Erscheinens als auch sein seltsames Benehmen hinreichend erklären. Aber ich las von dem verständnislosen Gesicht meines Freundes ab, daß dieser Name ihm so wenig sagte wie mir.

»Hier, nehmen Sie eine Zigarette, Mister McFarlane«, sagte Holmes und reichte ihm seine Schachtel hinüber. »Ich glaube, bei den Symptomen, die Sie aufweisen, ist mein Freund Dr. Watson eher zuständig als ich. Es war wirklich eine furchtbare

Hitze, die letzten Tage, nicht wahr? Wenn es Ihnen jetzt vielleicht etwas besser geht, möchte ich Sie doch bitten, sich hier in den Sessel zu setzen und uns möglichst ruhig und langsam zu erzählen, wer Sie nun eigentlich sind und um was es geht. Sie nannten Ihren Namen, als erwarteten Sie, ich würde ihn kennen; aber ich versichere Ihnen, außer den offensichtlichen Tatsachen, daß Sie Junggeselle, Anwalt, Freimaurer und Asthmatiker sind, weiß ich nichts von Ihnen.«

Ich war lange genug Holmes' Freund und Schüler, darum fiel es mir nicht weiter schwer, ihm zu folgen: Ich bemerkte die Anwaltskleidung mit dem runden schwarzen Hut, das Aktenbündel juristischer Papiere, den Anhänger an der Uhrkette, das Keuchen, das die letzte Behauptung bestätigte. Unser Besucher allerdings stutzte.

„Ja, ja, das stimmt alles, Mister Holmes, außerdem bin ich aber auch noch der unglücklichste Mann von ganz London. Um Gottes Barmherzigkeit willen, weisen Sie mich nicht ab, Mister Holmes! Und wenn sie jetzt kommen und mich verhaften wollen, dann bringen Sie sie dazu, mir so viel Zeit zu lassen, bis ich Ihnen die ganze Wahrheit erzählt habe. Nur wenn ich weiß, daß Sie sich meines Falles annehmen, kann ich ruhig ins Gefängnis gehen!«

»Sie verhaften?« fragte Holmes. »Das ist in der Tat sehr — interessant. Welche Anklage wird denn gegen Sie erhoben?«

»Die Anklage, Mr. Jonas Oldacre aus Lower Norwood ermordet zu haben.«

Das ausdrucksvolle Gesicht meines Freundes spiegelte ein Mitgefühl, das — es läßt sich leider nicht leugnen — nicht ganz ohne Befriedigung war. »Mein Gott«, sagte er, »erst eben beim Frühstück behauptete ich, man fände keinen sensationellen Fall mehr in unseren Zeitungen.«

Unser Besucher griff mit zitternder Hand nach dem Daily Telegraph, der immer noch auf Holmes' Knien lag.

»Wenn Sie das hier gelesen hätten, Sir, würden Sie sofort verstanden haben, warum ich heute früh zu Ihnen komme. Ich habe das Gefühl, mein Name und mein Unglück müßten in jedermanns Mund sein.« Er faltete die Zeitung auseinander und schlug die mittlere Seite auf. »Hier ist es ja schon. Wenn Sie erlauben, lese ich es Ihnen vor. Hören Sie gut zu, Mister Holmes. Die Überschrift lautet: ›Geheimnisvoller Fall in Lower Norwood. Bekannter Bauunternehmer verschwunden. Verdacht auf Mord und Brandstiftung. Dem Täter bereits auf der Spur.‹ Das ist die Spur, der sie jetzt folgen, Mr. Holmes, und ich weiß es, sie führt unweigerlich zu mir. Sie haben mich von der London Bridge Station verfolgt, jetzt warten sie wohl nur noch auf den Haftbefehl, um mich festzunehmen. Meine Mutter überlebt das nicht – sie überlebt das nicht!« Er rang in fiebriger Besorgnis die Hände und rutschte unruhig in seinem Sessel hin und her.

Ich betrachtete diesen Mann, der eines Gewaltverbrechens verdächtigt wurde, mit Interesse. Er war sehr blond, glattrasiert, auf eine gewisse Art in seiner Farblosigkeit ganz hübsch, hatte erschrockene blaue Augen und einen schwachen, empfindsamen Mund. Er mochte etwa 27 Jahre alt sein, Kleidung und Benehmen waren die eines Gentlemans. Aus der Tasche seines leichten Sommermantels ragte ein Stoß beschriebener Blätter heraus.

»Wir müssen die Zeit nutzen, die uns bleibt«, sagte Holmes. »Watson, sei so gut und lies mir den Bericht aus der Zeitung vor.«

Unter den riesigen Schlagzeilen, die auf unseren Klienten zielten, stand folgender eindringliche Text:

»Sehr spät gestern abend, fast schon heute früh, wurde in Lower Norwood – leider muß man das annehmen – ein schweres Verbrechen verübt. Es betrifft Mr. Jonas Oldacre, einen bekannten Bürger dieses Vorortes, in dem er viele Jahre als Bauunternehmer tätig war. Er ist Junggeselle, 52 Jahre alt, lebt in Deep Dene House am Ende der Sydenham-Straße, und hat den Ruf, ein Mann mit exzentrischen Gewohnheiten zu sein, im übrigen verschlossen und zurückhaltend. Seit einigen Jahren lebt er praktisch im Ruhestand, nachdem er mit seinem Unternehmen ein, wie man sagt, beträchtliches Vermögen erworben hat. Aber bis jetzt bestand noch ein kleines Holzlager hinter dem Haus. Gestern nacht gab es plötzlich Alarm: Einer der

35

Holzstöße stand in Flammen. Obwohl die Feuerwehr schnell zur Stelle war, konnte man den Flammen keinen Einhalt gebieten: Das trockene Holz brannte lichterloh, bis nur noch Asche zurückblieb. Soweit trug der Vorfall lediglich die Zeichen eines normalen Unglücksfalls, neue Hinweise lassen jedoch ein schweres Verbrechen vermuten. Man war verwundert, den Grundstückseigentümer nicht auf dem Schauplatz des Brandes zu sehen, dann brachte ein Verhör zutage, daß er aus dem Haus verschwunden war. Eine Untersuchung seines Zimmers zeigte, daß das Bett unbenutzt war, das Safe geöffnet, und daß eine Reihe wichtiger Dokumente im Zimmer herumgestreut lagen; außerdem aber hatte anscheinend ein heftiger Kampf stattgefunden; überall im Raum konnte man schwache Blutspuren feststellen, und dann fand man noch einen schweren Spazierstock aus Eiche, dessen Griff ebenfalls Blut aufwies.

Wir erfuhren, daß Mr. Jonas Oldacre heute nacht einen Besucher in seinem Schlafzimmer empfangen hat; der Spazierstock wurde als dessen Eigentum identifiziert. Es handelt sich dabei um den jungen Londoner Anwalt John Hector McFarlane, Juniorpartner der Kanzlei Graham & McFarlane, 426 Gresham Buildings, London E. C. Die Polizei glaubt im Besitz von Beweismaterial zu sein, das ein überzeugendes Motiv für das Verbrechen liefert. Jedenfalls haben wir sensationelle Enthüllungen zu erwarten.

LETZTE MELDUNG: Bei Redaktionsschluß hören wir, daß Mr. John Hector McFarlane gerade unter der Anklage des Mordes, verübt an Mr. Jonas Oldacre, verhaftet worden ist, zumindest wurde ein Haftbefehl ausgestellt. Auch weitere Einzelheiten erreichten uns aus Norwood. Außer der Tatsache, daß ein Kampf im Zimmer des unglücklichen Bauunternehmers stattgefunden hat, ist jetzt klar, daß die französischen Fenster des Raumes, der im Parterre liegt, offen gestanden haben. Man konnte feststellen, daß ein großer, schwerer Gegenstand über den Holzboden geschleift worden war. Ferner hat man in der Holzasche verkohlte Knochenreste gefunden. Die Polizei ist überzeugt, daß ein schweres Verbrechen vorliegt: Das Opfer muß in seinem Zimmer zusammengeschlagen, seiner Papiere

*beraubt und dann zu dem Holzstoß geschleift worden sein; das
Feuer sollte alle Spuren vernichten. Die polizeilichen Ermittlungen liegen in den bewährten Händen von Inspektor Lestrade
von Scotland Yard, der den Fall mit bekannter Energie und
Klugheit verfolgen wird.«*

Die Augen geschlossen, die Fingerspitzen aneinandergepreßt,
hatte Holmes dem Bericht gelauscht.

»Nun ja, einige interessante Aspekte sind da«, sagte er mit
müder Stimme. »Darf ich aber zunächst fragen, Mr. McFarlane,
wie es kommt, daß Sie noch immer frei herumlaufen, obwohl
doch anscheinend genügend Verdachtsmomente vorhanden sind,
Sie zu verhaften?«

»Sehen Sie, Mr. Holmes, das ist so: Normalerweise wohne
ich in Torrington Lodge, Blackheath, bei meinen Eltern. Da
ich aber gestern noch spät abends mit Mr. Jonas Oldacre geschäftlich zu sprechen hatte, verbrachte ich die Nacht in einem
Hotel in Norwood und fuhr erst heute von da aus ins Büro. Ich
hatte nicht die geringste Ahnung von all dem, bis ich in der
Zeitung den Bericht las, den Sie eben hörten. Natürlich sah ich
sofort, wie gefährlich meine Lage ist, und eilte deshalb zuerst
hierher zu Ihnen. Wäre ich nicht hier, hätte man mich bestimmt
bereits in meinem Stadtbüro oder zu Hause verhaftet. Und von
London Bridge Station folgte mir ein Mann — guter Gott, was
ist das jetzt?«

Nicht ohne amtliches Gepolter im Treppenhaus verbreitet zu
haben, erschien unser alter Freund Lestrade in der Tür, und
hinter ihm sah ich undeutlich zwei Polizisten.

»Mr. John Hector McFarlane«, setzte Lestrade an. Unser
bedauernswerter Klient taumelte aus seinem Sessel hoch.

»Ich verhafte Sie wegen vorsätzlichen Mordes, begangen an
Mr. Jonas Oldacre in Lower Norwood.«

Mit einer Geste, die seine Verzweiflung ausdrückte, wandte
sich der junge Mann zu uns und sank dann kraftlos wieder auf
seinen Sitz.

»Einen Augenblick, Lestrade«, sagte Holmes. »Eine halbe
Stunde mehr oder weniger dürfte Ihnen nicht allzu viel aus-
machen. Der Herr hier ist gerade dabei, uns seine Version dieses

37

außerordentlich interessanten Falls zu geben. Vielleicht hilft sie zu seiner Klärung.«

»Ich habe nicht den Eindruck, daß es noch viel aufzuklären gibt«, brummte Lestrade grimmig.

»Mit Ihrer Erlaubnis möchte ich den Bericht trotzdem hören.«

»Sie wissen, Mr. Holmes, es fällt mir nicht leicht, Ihnen etwas abzuschlagen, schließlich waren Sie ja der Polizei in der letzten Zeit ein oder zweimal von Nutzen, und Scotland Yard schuldet Ihnen Dank.« Lestrade wand sich. »Anderseits muß ich bei meinem Gefangenen bleiben. Ich mache Sie darauf aufmerksam, Herr, daß alles, was Sie aussagen, vor Gericht gegen Sie verwendet werden kann!«

»Was anderes will ich doch gar nicht«, rief unser Klient.

»Ich will ja nur erreichen, daß Sie die volle Wahrheit anhören und erkennen.«

Lestrade warf einen Blick auf seine Uhr: »Ich gebe Ihnen eine halbe Stunde.«

»Zunächst muß ich vorausschicken«, begann McFarlane, »daß ich kaum etwas über Mr. Oldacre weiß. Sein Name ist mir zwar bekannt, denn meine Eltern waren früher mit ihm befreundet, aber die Verbindung ging später auseinander. Um so mehr überraschte es mich, daß er gestern nachmittag, so gegen drei, in meinem Stadtbüro auftauchte. Meine Überraschung wurde nicht geringer, als ich den Grund seines Besuches erfuhr. Er hielt mehrere handbeschriebene Blätter aus einem Notizbuch in der Hand und legte sie vor mich hin auf den Tisch — hier sind sie. ›Das ist mein letzter Wille‹, sagte er. ›Ich möchte, daß Sie es in die juristisch ordnungsgemäße Form bringen. Ich warte so lange hier, bis Sie fertig sind.‹

So setzte ich mich also hin, um das Ganze zu überarbeiten, und jetzt stellen Sie sich mein Erstaunen vor, als ich las, daß er mit Ausnahme einiger kleiner Legate sein gesamtes Vermögen mir hinterlassen wollte! Er war ein sonderbarer kleiner Mann, erinnerte an ein Frettchen und hatte weiße Augenwimpern. Als ich dann zu ihm hinschaute, waren seine scharfen grauen Augen mit einem amüsierten Ausdruck auf mich gerichtet. Ich zweifelte fast an meinem eigenen Verstand, als ich

38

die Bestimmungen des Testaments las, aber er erklärte mir, er sei Junggeselle und habe so gut wie keine lebenden Verwandten, daß er in jungen Jahren meine Eltern gut gekannt und nun gehört habe, ich sei ein vielversprechender junger Mann, und deshalb fände er, sein Geld käme in würdige Hände. Ich konnte nur noch meinen Dank stammeln. Das Testament war bald fertig, wurde unterzeichnet, und mein Bürodiener bezeugte seine Richtigkeit. Hier, das ist es, das blaue Blatt, und hier die Zettel, die den Rohentwurf darstellen. Mr. Oldacre sagte dann noch, er habe noch eine Menge Dokumente — Pachtverträge, Eigentumsurkunden, Hypotheken, Interimsaktien etc. —, die ich mir unbedingt ansehen sollte. Er könne sich nicht eher beruhigt fühlen, als bis all das erledigt sei, sagte er, und bat mich, am späten Abend zu ihm nach Norwood hinauszukommen, das Testament mitzubringen und mich der übrigen Papiere anzunehmen. ›Aber vergiß nicht, mein Junge, kein Wort zu deinen Eltern, ehe nicht alles abgeschlossen ist! Sie sollen eine kleine Überraschung erleben.‹ Er bestand hartnäckig darauf und ließ sich mein feierliches Versprechen geben.

Ich glaube, Sie werden sich leicht meine Stimmung vorstellen können: Ich war nicht in der Lage, ihm auch nur irgend etwas abzuschlagen, vielmehr bereit, meinem Wohltäter alle Wünsche von den Augen abzulesen. So telegraphierte ich meinen Eltern, ich sei mitten in einem wichtigen Geschäft und könne nicht sagen, wie spät ich heimkäme. Mr. Oldacre wollte gern mit mir zu Abend essen, aber erst gegen neun Uhr, da es ihm nicht möglich sei, früher einzutreffen. Es war ziemlich schwierig, sein Haus zu finden, und so war es schon fast halb zehn Uhr, als ich endlich ankam. Ich fand ihn —«

»Eine Zwischenfrage«, unterbrach Sherlock Holmes, »wer öffnete Ihnen?«

»Eine Frau in mittleren Jahren, ich dachte, sie sei die Haushälterin.«

»Und ich nehme an, sie nannte Ihren Namen?«

»Ja, den kannte sie.«

»Bitte fahren Sie fort.«

Mr. McFarlane strich sich über die feuchte Stirn und erzählte weiter: »Diese Frau führte mich in ein Wohnzimmer, in dem ein frugales Essen aufgetischt war. Später bat mich Mr. Oldacre in sein Schlafzimmer hinüber. Dort stand ein schweres Safe. Er öffnete es und holte einen Packen Dokumente heraus, die wir zusammen durchsahen. So zwischen elf und zwölf waren wir damit fertig. Er sagte noch, wir wollten die Haushälterin nicht mehr stören, und zeigte mir, wie ich durch die Balkontür hinausgelangen könnte. Sie hatte die ganze Zeit offengestanden.«

»War der Rolladen herabgezogen?«

»Ich bin mir da nicht ganz sicher, aber ich meine, es war nur zur Hälfte 'runter. Doch, jetzt weiß ich's wieder: Er zog es hinauf, um die Tür aufzumachen. Ich konnte meinen Stock nicht finden, und er sagte: ›Macht nichts, mein Junge, ich werde dich jetzt ja häufiger sehen, den Stock heb ich auf, bis du nächstesmal kommst.‹ So verließ ich ihn — die Safetür stand offen und die Papiere lagen in Stößen auf dem Tisch. Da der letzte Zug nach Blackheath schon weg war, verbrachte ich die Nacht im Gasthof ›Anerley Arms‹. Ich hatte von all dem Furchtbaren keine Ahnung, bis ich heute früh die Zeitung las.«

»Haben Sie noch weitere Fragen, Mr. Holmes?« ließ sich jetzt Lestrade vernehmen; seine Augenbrauen hatten sich inzwischen ein paarmal ungläubig gehoben.

»Nein, danke, zuerst muß ich selbst in Blackheath gewesen sein.«

»Sie meinen: in Norwood«, berichtigte ihn Lestrade.

»Ach ja, das werde ich wohl gemeint haben«, sagte Holmes mit einem rätselhaften Lächeln. Lestrade hatte zu viele Begegnungen mit Holmes gehabt, um glauben zu können, diesem messerscharfen Verstand würde ein solches Versprechen unterlaufen. Ich sah, wie er verwundert auf meinen Freund blickte.

»Es wäre mir lieb, Sie noch kurz sprechen zu können, Mr. Holmes, und zwar gleich«, sagte Lestrade. »Zu Ihnen aber, Mr. McFarlane: Auf Sie warten an der Tür zwei Polizisten und unten der Wagen.« Der arme Kerl stand auf und verließ mit einem letzten flehenden Blick zu uns hin den Raum. Holmes hatte sich inzwischen die Zettel mit dem Testamentsentwurf

40

geholt und betrachtete sie höchst interessiert. »Mir fällt einiges Merkwürdige an diesem Dokument auf, Lestrade, was meinen Sie?« fragte er und reichte ihm die Blätter.

Der Inspektor sah sie verwirrt an und sagte: »Ich kann nur die ersten Zeilen lesen, dann ein paar in der Mitte der zweiten Seite und eine oder zwei am Schluß. Das ist so deutlich geschrieben, als sei es gedruckt. Die Passagen dazwischen sind verwischt, und an drei Stellen kann ich kein Wort entziffern.«

»Was halten Sie davon?«

»Wie erklären Sie's sich denn?«

»Nun, ich behaupte, alles wurde im Zug geschrieben. Die lesbare Schrift bedeutet Aufenthalt, die undeutliche: Fahrt, und die unlesbaren Stellen: Verkehrsschnittpunkte. Ein Experte würde sicher sofort erkennen, daß es sich um eine Vorstadtlinie handelt, denn nirgends als in unmittelbarer Nähe einer großen Stadt findet man so häufig aufeinanderfolgende Stationen. Angenommen, er hat die ganze Fahrt über an seinem letzten Willen geschrieben, so muß der Zug ein Expreß sein, der lediglich einmal auf der Strecke zwischen Norwood und London Bridge hält.«

Lestrade lachte. »Ich muß schon sagen, Mr. Holmes, Sie machen mich fertig, wenn Sie Ihre Theorien entfalten. Aber was bedeutet das für unseren Fall?«

»Ganz einfach, es bestätigt die Geschichte des jungen Mannes, daß der alte Mann dieses Testament während seiner Fahrt geschrieben hat. Seltsam — nicht wahr? —, daß jemand ein so wichtiges Dokument während einer so zufälligen Gelegenheit aufsetzt. Ich denke, er legte ihm keine besondere Wichtigkeit bei. Denn so kann nur ein Mann handeln, der seinen Aufzeichnungen von vornherein keine Bedeutung beimißt.«

»Aber er unterschrieb doch damit sein eigenes Todesurteil«, nickte Lestrade gewichtig.

»Ach, glauben Sie?«

»Wollen Sie vielleicht sagen, Sie nicht?«

»Das ist natürlich durchaus eine Möglichkeit, aber ich sehe in diesem Fall noch nicht klar.«

»Nicht klar, Sir? Also wissen Sie, wenn das hier nicht klar ist, dann möchte ich sehen, was klarer ist! Da haben wir einen jungen Mann, der von einer Minute auf die andere erfährt, daß er ein Vermögen erbt. Nur ein alter Mann braucht zu sterben. Was tut er also? Er läßt keinem Menschen gegenüber ein Wort davon verlauten, arrangiert es aber, unter irgendeinem Vorwand seinen Klienten am späten Abend aufsuchen zu können. Er wartet, bis die einzige andere Person im Haus zu Bett gegangen ist, ermordet den alten Mann in dem abgelegenen Zimmer, schleppt seine Leiche zu dem Holzstapel, zündet diesen an und geht dann in sein Hotel. Die Blutspuren im Schlafzimmer und auch auf dem Stock sind nur sehr schwach. Wahrscheinlich glaubte er, seine Tat sei blutlos geschehen und daß er mit der Beseitigung der Leiche auch alle anderen Hinweise, wie die Tat vor sich gegangen war, ausgelöscht habe. Spuren, die zu ihm hätten führen müssen. Sagen Sie selbst, ist das denn nicht völlig einleuchtend?«

»Mir fällt auf, mein guter Lestrade, daß es allzu einleuchtend ist«, sagte Holmes. »Leider gehört zu Ihren übrigen großen Gaben nicht gerade das Vorstellungsvermögen. Nun, versuchen Sie doch einmal, sich nur einen Augenblick in die Situation des jungen Mannes zu denken: Würden Sie an seiner Stelle ausgerechnet den Abend desselben Tages, an dem das Testament gemacht wurde, für den Mord wählen? Müßte es Ihnen nicht vielmehr sträflich leichtsinnig vorkommen, eine so enge Beziehung zwischen beiden Ereignissen zu schaffen? Und dann: Würden Sie wirklich Ihren Plan ausführen, obwohl Sie wissen, daß Sie von einer Angestellten gesehen wurden? Schließlich aber: Würden Sie nach all der Mühe, die Sie sich mit dem Beseitigen des Körpers gemacht haben, ausgerechnet Ihren eigenen Spazierstock zurücklassen und damit geradezu einen Wegweiser auf Ihre Person aufbauen? Geben Sie's zu, Lestrade, das alles ist doch höchst unwahrscheinlich.«

»Was den Stock betrifft, Mr. Holmes, so wissen Sie doch so gut wie ich, daß ein Verbrecher oft nervös wird und dann Dinge tut, auf die ein normaler, ruhiger Mensch nie kommen würde. Vermutlich hatte er Angst, den Tatort noch einmal zu betreten. Geben Sie mir eine andere Erklärung, zu der die Tatsachen besser passen.«

»Ich könnte Ihnen mit Leichtigkeit ein halbes Dutzend nennen«, sagte Holmes. »Zum Beispiel diese, die ebenfalls sehr glaubhaft und einleuchtend ist. Ich schenke sie Ihnen: Der alte Mann holt Dokumente von großem Wert hervor; da der Rollladen nur halb heruntergezogen ist, wird er von einem Landstreicher beobachtet. Dann geht der Rechtsanwalt. Der Landstreicher kommt herein, nimmt den Stock, den er gerade sieht, erschlägt Oldacre und verschwindet, nachdem er die Leiche verbrannt hat.«

»Warum aber sollte er die Leiche verbrennen?«

»Wenn Sie danach schon fragen — warum sollte denn McFarlane es getan haben?«

»Natürlich doch, um Beweise zu beseitigen.«

»Nun, vielleicht wollte der Landstreicher vertuschen, daß es überhaupt einen Mord gegeben hat.«

»Und warum wohl ließ der Landstreicher nichts mit sich gehen?«

»Weil es sich um Papiere handelte, die er nicht veräußern konnte.«

Lestrade schüttelte den Kopf; allerdings machte er keinen so selbstüberzeugten Eindruck wie zuvor.

»Also, Mr. Holmes, suchen Sie Ihren Landstreicher, und wenn Sie ihn haben, wollen wir ihn gern als unseren Mann hinter Schloß und Riegel bringen. Die Zukunft wird zeigen, wer recht hat. Aber beachten Sie diesen Punkt: Bisher konnten wir nicht feststellen, daß auch nur ein einziges der Papiere fehlt, und unser Gefangener ist der einzige Mensch auf der ganzen Welt, der wirklich keinen Grund hatte, etwas wegzunehmen, denn er ist der Erbe und würde ohnehin alles bekommen.«

Mein Freund schien von dieser Bemerkung betroffen.

»Ich will keinesfalls abstreiten, daß die Tatsachen in gewisser Weise Ihre Theorie stark untermauern«, sagte er. »Was ich will, ist, deutlich zu machen, daß es auch noch andere Erklärungen gibt. Sie sagten es: Die Zukunft wird es zeigen. Und nun wün-

43

sche ich Ihnen einen guten Morgen. Ich werde im Laufe des Tages in Norwood eintreffen und sehen, wie Sie vorankommen.«

Gleich nachdem der Inspektor uns verlassen hatte, stürzte Holmes sich in die Vorbereitungen für die Arbeit dieses Tages. Er tat es wie einer, der eine willkommene Aufgabe vor sich sieht. »Mein erstes Ziel, Watson«, sagte er, während er in sein Jackett schlüpfte, »liegt, wie ich bereits erwähnte, in Richtung Blackheath.«

»Kannst du mir erklären, warum du nicht in Norwood beginnst?«

»In diesem Fall spielen zwei seltsame Vorfälle eine Rolle, und sie haben einen Zusammenhang. Die Polizei macht den Fehler, ihre Aufmerksamkeit nur auf den zweiten zu konzentrieren, da es sich hierbei um ein offensichtliches Verbrechen handelt. Aber ich fühle es ganz deutlich: Man kann diesen Fall nur dann logisch erfassen, wenn man Licht in den ersten Teil bringt, und zwar in dieses seltsame Testament, das so plötzlich aufgesetzt wurde, zugunsten eines völlig unerwarteten Erben. Vielleicht wird es dann leichter sein, die zweite Hälfte zu begreifen. — Nein, mein Lieber, ich glaube nicht, daß du mir helfen kannst. Eine Gefahr ist nicht zu erwarten, sonst würde ich bestimmt nicht ohne dich losziehen. Ich hoffe zuversichtlich, dir noch heute zu berichten, daß ich etwas für den armen Jungen, der sich unter meinen Schutz begeben hat, habe tun können.«

Spät in der Nacht, als mein Freund endlich heimkam, zeigte mir ein Blick auf sein verstörtes und sorgenvolles Gesicht, daß seine Hoffnung sich nicht erfüllt hatte. Eine Stunde lang kratzte er auf seiner Geige herum, er versuchte wohl, seinen überreizten Geist zu beruhigen. Schließlich legte er das Instrument beiseite und begann zu berichten — die detaillierte Geschichte seines Mißerfolgs.

»Alles geht schief, Watson, so schief, wie man sich's nur vorstellen kann. Lestrade gegenüber konnte ich zwar noch mein Gesicht wahren, aber — verflucht noch 'mal — ich glaube, diesmal ist er auf der richtigen Fährte. All mein Instinkt weist mich nur auf den einen Weg, alle Tatsachen führen auf den anderen. Und ich fürchte, ich fürchte, mit der Intelligenz der britischen Geschworenen ist es noch nicht so weit her, daß sie meiner Theorie vor Lestrades Tatsachen den Vorzug geben werden.«

»Du warst in Blackheath?«

»Ja, Watson, das war ich, und ich fand heraus, daß unser verstorbener Oldacre ein ganz schöner Lump gewesen ist. Vater McFarlane war unterwegs auf der Suche nach seinem Sohn, die Mutter — ein kleines, schmächtiges, blauäugiges Weiblein — zitterte nur so vor Angst und Empörung. Ihr Sohn ein Mörder — nie würde sie auch nur die Möglichkeit zugeben! Aber ebensowenig zeigte sie eine Spur von Erstaunen oder Bedauern für Oldacres Ende. Ganz im Gegenteil: Aus ihren Worten sprach solche Bitterkeit, daß sie damit unwissentlich die Meinung der Polizei unterstützte; denn: Wenn ihr Sohn sie in dieser Art hat reden hören, konnte es ihn für Haß und Gewalt nur empfänglich gemacht haben. ›Der hat ja nichts von einem menschlichen Wesen an sich gehabt‹, sagte sie. ›Und so war er schon immer, schon als ganz junger Mann.‹ ›Sie kannten ihn bereits damals?‹ fragte ich. ›Ja, und sogar recht gut. Nun, er war mal mein Verehrer. Gott sei Dank hatte ich noch so viel Verstand, ihn fallenzulassen und einen besseren, wenn auch ärmeren Mann zu heiraten. Ich war damals mit ihm verlobt, Mr. Holmes, aber dann erfuhr ich eines Tages eine schreckliche Geschichte, wie er nämlich eine Katze in ein Vogelhaus gelassen hat. Ich war von dieser Grausamkeit so entsetzt, daß ich von da an nichts mehr mit ihm zu tun haben wollte.‹ Dann wühlte sie in einer Schublade herum und holte die Fotografie einer Frau hervor, schamlos entstellt und mit einem Messer verstümmelt. ›Das bin ich‹, sagte sie. ›Das schickte er mir mit seinem Fluch zu meinem Hochzeitsmorgen.‹ — ›Nun, jetzt hat er Ihnen ja alles vergeben, denn er hat Ihrem Sohn sein gesamtes Vermögen vermacht‹, meinte ich. ›Nein, o nein‹, rief sie überzeugend, ›weder mein Sohn noch ich wollen irgend etwas von Jonas Oldacre, weder von dem lebenden noch von dem toten! Es gibt einen Gott im Himmel, Mr. Holmes, und dieser Gott, der den sündhaften Mann seiner Strafe zugeführt hat, der wird zu seiner Zeit auch ans Licht bringen, daß die Hände meines Sohnes von Blut rein sind!«

Ich stellte dann noch ein paar Fragen, fand jedoch nichts heraus, was uns weitergeholfen hätte, nur, was unserer Theorie widersprach. Schließlich gab ich es auf und fuhr nach Norwood.

Das Anwesen, Deep Dene House, ist eine moderne Villa mit knallroten Ziegeln. Das Haus steht ziemlich weit hinten im Gelände, davor Lorbeersträucher. Rechts, vom Weg etwas entfernt, war der Schauplatz des Brandes: das Holzlager. Hier, nimm dies Blatt, das ist ein grober Plan des Ganzen. Das Fenster links gehört zu Oldacres Zimmer. Du merkst, man kann von der Straße her hineinsehen. Und das ist auch der einzige Trost, den ich heute gewonnen habe. Lestrade traf ich nicht, sein Oberwachtmeister hielt die Stellung. Sie hatten gerade einen Fund gemacht. Nachdem sie den ganzen Morgen damit verbracht hatten, in der Asche des verbrannten Holzstoßes herumzustöbern, entdeckten sie außer den verkohlten Knochenresten ein paar verfärbte runde Metallplättchen. Ich untersuchte sie eingehend: Es handelt sich dabei zweifellos um ehemalige Hosenknöpfe. Auf einem entdeckte ich die Einprägung ›Hyams‹: der Name von Oldacres Schneider. Ich untersuchte auch den Boden sorgfältig nach Spuren, aber die Hitze hat ihn so ausgetrocknet, daß er unempfindlich wie Eisen ist. Und so konnte ich nicht mehr feststellen, als daß ein Körper oder ein großes Bündel durch eine niedrige Ligusterhecke geschleift worden ist; das entspricht der Richtung zum Holzstoß. Freilich ist das alles Öl auf das Feuer der polizeilichen Theorie. Die Augustsonne auf dem Buckel, kroch ich am Boden herum, aber nach einer Stunde war ich auch nicht klüger als zuvor.

Nach diesem Fiasko begab ich mich ins Schlafzimmer und sah mich dort um. Die Blutspuren waren sehr schwach, blasse Flekken, allerdings ganz frisch. Den Stock hatten Lestrades Leute vom Tatort entfernt, aber auch an ihm gab es nur geringe Spuren. Kein Zweifel, daß es der Stock unseres Klienten ist. Er leugnet es ja auch nicht. Auf dem Teppich ließen sich Fußabdrücke von zwei Personen feststellen, keine von einer dritten, also wiederum ein Pluspunkt für die Gegenseite. Sie gewannen einen Punkt nach dem anderen, und wir standen genauso da wie beim Start.

Einen einzigen Schimmer Hoffnung erhaschte ich — aber auch der stellte sich als Niete heraus. Das war, als ich den Inhalt des Safes untersuchte; das meiste war herausgenommen und auf dem Tisch gestapelt. Die Papiere steckten durchweg in versiegelten Umschlägen, von denen die Polizei ein paar geöffnet hatte. Soweit ich es beurteilen konnte, waren sie nicht sonderlich wertvoll, noch ging aus den Kontoauszügen hervor, Mr. Oldacre sei wirklich vermögend gewesen. Aber ich gewann den Eindruck, daß etwas fehlte. Es fanden sich Hinweise auf einige Dokumente — vielleicht die wertvolleren —, von denen ich nichts entdecken konnte. Und wenn sich dies beweisen ließe, Watson, kehren Lestrades Argumente als Bumerang zu ihm zurück: Denn wer sollte schon etwas stehlen, das er — wie er wußte — ohnehin bald erben würde?

Schließlich, nachdem ich jede Ecke inspiziert und doch keinen einzigen Hinweis gefunden hatte, versuchte ich mein Glück bei der Haushälterin: Mrs. Lexington ist eine kleine, dunkle und schweigsame Person mit schrägen, mißtrauischen Augen. So wahr ich hier sitze, sie könnte uns mehr sagen, wenn sie nur wollte. Aber sie ist verschlossen wie eine Auster. Sie bestätigte, um halb zehn Uhr abends Mr. McFarlane hereingelassen zu haben, und sie wünschte, die Hand wäre ihr vorher abgetrocknet. Halb zwölf Uhr ist sie schlafen gegangen. Ihr Zimmer liegt auf der anderen Seite des Hauses, so daß sie nichts von dem hören konnte, was geschah. Mr. McFarlane hatte seinen Hut und — sie war sicher, sich zu erinnern — auch seinen Stock in der Halle abgelegt. Geweckt wurde sie durch den Feueralarm. Ganz bestimmt ist ihr lieber armer Herr ermordet worden. Ob er Feinde gehabt habe? Nun, jeder Mensch hat Feinde, meinte sie, aber Mr. Oldacre lebte sehr zurückgezogen und kam nur geschäftlich mit anderen Leuten zusammen. Sie hatte sich die Knöpfe angesehen und bestätigt, daß sie von dem Anzug stammten, den er am vorigen Abend angehabt hatte. Der Holzstoß brannte wie Zunder, es hatte ja seit einem Monat nicht geregnet, und als sie dort ankam, war nichts als Flammen zu erkennen.

Sie sowohl als auch die Feuerwehrmänner hatten den Geruch verbrannten Fleisches wahrgenommen. Von den Dokumenten ihres Arbeitgebers wußte sie nichts, ebensowenig von seinen persönlichen Angelegenheiten.

Tja, mein Freund, damit hast du den Bericht meines beispiellosen Erfolgs. Und doch, und doch —«, er ballte die Fäuste, »ich weiß, daß das alles nicht stimmt. Ich fühl's in den Knochen! Es gibt da irgend etwas, das nicht zur Sprache kam, und die Haushälterin weiß, was das ist.

In ihrem Blick lag so etwas wie trotzige Herausforderung, und das habe ich bisher nur in Verbindung mit Schuldbewußtsein erlebt. Nun, es hat keinen Sinn, jetzt weiter darüber zu reden, Watson, aber wenn wir nicht unerhörtes Glück haben, sieht es ganz danach aus, als ob unsere nachsichtige Lesergemeinde, die zweifellos bald wieder eine Chronik unserer Erfolge über sich ergehen lassen wird, auf den Norwood-Fall verzichten muß.«

»Aber meinst du nicht, allein schon das Aussehen des jungen Mannes wird jeden Geschworenen von seiner Unschuld überzeugen?«

»Damit begibst du dich auf gefährliches Glatteis, mein Lieber. Erinnere dich einmal an diesen Schurken Bert Steves, der 1887 von uns Hilfe haben wollte. Konnte man sich vielleicht einen sanfteren Sonntagsschüler denken?«

»Du hast recht.«

»Wenn es uns nicht gelingt, eine überzeugende Theorie aufzustellen, ist der Mann verloren. Das Indiziennetz, in dem er jetzt zappelt, zeigt keine Lücke auf; alle bisherigen Ermittlungen haben es nur verstärkt. Übrigens, eine Kleinigkeit ist mir doch noch im Zusammenhang mit den Dokumenten aufgefallen, und vielleicht sollten wir hier unsere Nachforschungen ansetzen. Bei Durchsicht der Kontoauszüge fiel mir auf, daß der niedrige Stand der Finanzen in der Hauptsache auf hohen Zahlungen aus dem letzten Jahr an einen Mr. Cornelius beruht. Es scheint mir durchaus von Interesse, wer denn dieser Mr. Cornelius ist, mit dem ein privatisierender Bauunternehmer Geldtransaktionen in solcher Höhe vornimmt. Vielleicht hat er etwas mit dem Fall zu tun? Er könnte Makler sein, dachte ich, aber wir fanden keine Interimsscheine, die Zahlungen in solcher Höhe gerechtfertigt hätten. Da ich sonst keine Hinweise habe, werde ich bei der Bank nachforschen müssen, wer der Einlöser der Schecks ist. Trotzdem, alter Junge, ich fürchte, unser Fall wird unrühmlich für uns enden, Lestrade unseren Klienten dem Strick überliefern und Scotland Yard einen Triumph feiern.«

Ich habe keine Ahnung, ob überhaupt und wenn, wie lange, Sherlock Holmes in jener Nacht Schlaf fand.

Jedenfalls sah er am nächsten Morgen, als ich zum Frühstück herunterkam, blaß und zerquält aus. Dunkle Ringe ließen seine Augen noch intensiver glühen. Auf dem Boden um seinen Sessel lagen Zigarettenstummel und die Morgenausgaben der Zeitungen wild verstreut; auf dem Tisch bemerkte ich ein geöffnetes Telegramm.

»Was hältst du davon, Watson?« fragte er, indem er es mir herüberwarf.

Es kam aus Norwood und lautete:

»Wichtiger neuer Beweis. Mr. McFarlanes Schuld eindeutig. Geben Sie es auf! Lestrade.«

»Klingt schlecht«, sagte ich.

»Lestrades Siegesgekrähe«, sagte Holmes mit einem bitteren Lächeln. »Und doch könnte es sich als voreilig erweisen, jetzt die Flinte ins Korn zu werfen. Denn: ›Wichtiger neuer Beweis‹ ist ein zweischneidiges Schwert und mag durchaus an anderer Stelle treffen, als Lestrade es sich denkt. Sieh zu, daß du mit deinem Frühstück fertig wirst, Watson, wir wollen aufbrechen. Mal sehen, was wir erreichen. Ich glaube, ich werde heute dich und deine moralische Unterstützung brauchen.«

Mein Freund hatte nichts gegessen, es gehörte zu seinen Eigenheiten, daß er in Zeiten der Hochspannung jede Nahrung ablehnte, ich habe schon erlebt, daß er seine eiserne Gesundheit so lange strapazierte, bis er schließlich vor Schwäche zusammenbrach. »Ich kann jetzt einfach weder Kräfte noch Nerven im Dienst der Verdauung vergeuden«, pflegte er dann auf meine ärztlichen Vorhaltungen zu antworten. So war ich auch heute nicht überrascht. Wir brachen nach Norwood auf.

Immer noch schwelte eine Menge krankhafter Sensationsgier um Deep Dene House, das genau dem vorstädtischen Prachtexemplar von Villa entsprach, das ich mir vorgestellt hatte. Auf dem Grundstück liefen wir Lestrade in die Arme, der vor Siegerstolz rötlich angehaucht war und fast platzte.

»Na, Mr. Holmes, sagen Sie immer noch, wir seien auf dem Holzweg? Haben Sie Ihren Landstreicher gefunden?« rief er.

»Ich habe mir noch keine abschließende Meinung gebildet«, antwortete mein Freund zurückhaltend.

»Ha! Aber wir haben, jawohl, und zwar seit gestern, und nun liegt der Beweis vor uns. Sie müssen schon zugeben, daß wir Ihnen diesmal eine Nasenlänge voraus sind, was, Mr. Holmes?«

»Ihrem Auftreten nach zu schließen, muß ja wirklich etwas Außergewöhnliches geschehen sein.«

Lestrade lachte schallend. »Sie stecken genausowenig gern eine Niederlage ein wie wir anderen«, sagte er. »Aber keiner kann erwarten, daß alles immer nach seiner Nase geht. Hab' ich nicht recht, Dr. Watson? Kommen Sie nur hier entlang, meine Herren, ich werde Sie gleich ein für allemal überzeugen, daß McFarlane der Schuldige ist.«

Er dirigierte uns durch einen Gang in eine dahinterliegende düstere Vorhalle.

»Hier muß der junge McFarlane nach dem Mord herausgekommen sein, um seinen Hut zu holen«, erklärte Lestrade.

»Und jetzt sehen Sie sich das an —«, dramatisch riß er ein Streichholz an. Beim Licht der Flamme wurde ein Blutfleck auf der weißgetünchten Wand sichtbar, und als er das Streichholz näher an die Stelle heranhielt, sah ich, daß es mehr als ein Blutfleck war: der deutliche Abdruck eines Daumens.

»Sehen Sie sich das nur durch Ihre Lupe an, Mr. Holmes!«

»O ja, das werde ich gleich tun.«

»Es dürfte Ihnen ja bekannt sein, daß es keine zwei gleichen Daumenabdrücke gibt.«

»In der Tat, ich habe schon einmal so etwas gehört.«

»Nun, wollen Sie ihn dann bitte mit diesem Abdruck vergleichen. Das ist der Wachsabdruck des rechten Daumens, der auf meine Anordnung heute früh dem jungen McFarlane abgenommen wurde.«

Als er die beiden nebeneinander hielt, brauchte es nicht einmal eines Vergrößerungsglases, um zu erkennen, daß sie identisch waren. Unser unglücklicher Klient war verloren!

»Das gibt den Ausschlag«, sagte Lestrade.

»Ja, das gibt den Ausschlag«, echote ich.

»Das gibt in der Tat den Ausschlag«, sagte Holmes. Etwas in seiner Stimme ließ mich zu ihm hinschauen: Sein Gesicht war wie verwandelt, es zuckte geradezu vor unterdrücktem Lachen. Seine Augen strahlten. Ich hatte den Eindruck, daß er sich krampfhaft bemühte, nicht in schallendes Gelächter auszubrechen.

»Mein Gott, mein Gott«, brachte er schließlich hervor. »Wer hätte das wohl gedacht. Da sieht man doch wieder einmal, wie trügerisch die äußere Erscheinung eines Menschen sein kann. So ein netter junger Mann, dachten wir. Das sollte wirklich eine Lehre für uns sein, unserem eigenen Urteil nicht zu sehr zu trauen, nicht wahr, Lestrade?«

»Wie wahr, Mr. Holmes«, stimmte Lestrade zu. »Es gibt eben Leute, die neigen dazu, ihre eigene Meinung für das A und O zu halten.«

Die Impertinenz dieses Mannes konnte einen rasend machen, aber wir ließen sie an uns abgleiten.

»Und welch glücklicher Zufall, daß der junge Mann seinen Daumen gegen die Wand drückte, als er seinen Hut vom Haken nahm. Eine so völlig natürliche Bewegung, wenn man's sich recht überlegt!« Obwohl Holmes äußerlich ruhig wirkte, merkte ich, daß er immer noch vor unterdrücktem Lachen bebte.

»Übrigens, wer machte eigentlich diese bemerkenswerte Entdeckung, Lestrade?«

»Mrs. Lexington hat den Nachtposten darauf aufmerksam gemacht.«

»Und wo befand sich der Polizist zu der Zeit?«

»Er hielt im Mordzimmer Wache, damit nichts berührt wurde.«

51

»Aber sagen Sie, warum hat die Polizei diesen Abdruck nicht schon gestern gefunden?«

»Nun, es lag da ja noch kein Grund vor, die Halle besonders gründlich zu durchsuchen, und außerdem – es hat auch nichts weiter geschadet, wie Sie sehen.«

»Nein, nein, natürlich nicht. Ich nehme an, es gibt auch keinen Zweifel, daß der Abdruck schon gestern da war?«

Lestrade schaute meinen Freund an, als zweifle er an seinem Verstand. Ich muß zugeben, auch mich erstaunte seine heitere Art und die seltsame Frage.

»Ich weiß nicht, ob Sie damit meinen, McFarlane sei mitten in der Nacht aus dem Gefängnis entwischt, um das Indizienmaterial gegen sich selbst zu vervollständigen, Sir«, sagte Lestrade befremdet. »Ich bin gern bereit, sämtliche Experten der Welt untersuchen zu lassen, ob das hier nicht sein Daumenabdruck ist, wenn Sie Zweifel hegen!«

»O nein, das ist bestimmt sein Abdruck.«

»Ja, und damit hat es sich jetzt, Mr. Holmes«, sagte Lestrade. »Ich bin ein Mann der Praxis. Sobald ich meine Beweise habe, komme ich auch zu einer Entscheidung. Sollte sonst noch 'was sein, finden Sie mich im Wohnzimmer, ich schreibe dort meinen Bericht.«

Inzwischen hatte Holmes seine Ruhe wiedererlangt, wenn ich auch noch dann und wann ein leises Zucken in seinem Gesicht wahrnahm.

»Ach du lieber Gott, das ist aber wirklich übel, was meinst du, Watson?« sagte er. »Und doch gibt es einzigartige Gründe, daß wir für unseren Klienten wieder hoffen können.«

»Das freut mich wirklich«, sagte ich herzlich, »ich hatte schon Angst, es sei ganz aus mit ihm.«

»Das möchte ich keinesfalls sagen, mein Junge. Tatsache ist, daß die Beweiskette jetzt eine sehr ernsthafte Lücke aufweist; die Beweiskette, der unser Polizeifreund so große Bedeutung beimißt.«

»So spann mich doch nicht auf die Folter, Holmes! Sag schon, was es Neues gibt!«

»Nichts Besonderes, nur dies: Ich *weiß*, daß gestern, als ich die Halle untersuchte, der Abdruck noch *nicht* da war. – Laß uns jetzt einen kleinen Spaziergang in der Sonne machen.«

Mit wirrem Kopf, doch mit einem Herzen, in das etwas wärmende Hoffnung zurückgekehrt war, begleitete ich meinen Freund auf seinem Gang durch den Garten. Er sah sich sehr eingehend jede Seite des Gebäudes an. Danach wandte er sich dem Inneren zu und untersuchte das Haus vom Keller bis zum Boden. Die meisten der Räume waren leer, trotzdem inspizierte Holmes sie eingehend. Dann, auf dem oberen Flur, der an drei unbewohnten Schlafzimmern entlangführte, ergriff ihn wieder diese seltsame Heiterkeit.

»Weiß Gott, Watson«, sagte er, »der Fall ist wirklich einzigartig! Ich glaube, wir sollten nun unseren Freund Lestrade ins Vertrauen ziehen. Er hat schließlich seinen Spaß auf unsere Kosten gehabt, vielleicht kommen wir jetzt zu unserem, falls sich meine Vermutung als richtig erweist. Ha, ja, du hast recht gehört: Ich glaube, ich weiß jetzt, wo der Hase im Pfeffer liegt.«

Lestrade, seines Zeichens Inspektor von Scotland Yard, war immer noch dabei, einen umständlichen Bericht abzufassen, als Holmes ihn im Wohnzimmer störte.

»Ich verstand Sie doch richtig, daß Sie jetzt eine Zusammenfassung des Falles ausarbeiten wollen?« fragte er.

»So ist es, Mr. Holmes.«

»Haben Sie nicht das Gefühl, es sei noch etwas verfrüht? Ich kann mir nicht helfen, aber ich habe den Eindruck, Ihre Beweisführung ist noch nicht vollständig.«

Lestrade schaute mißtrauisch auf. Er legte seinen Federhalter beiseite und sah Holmes ins Gesicht.

»Was wollen Sie damit sagen, Sir?«

»Nichts weiter, als daß es einen wichtigen Zeugen gibt, den Sie noch nicht kennengelernt haben.«

»Sie können ihn beibringen?«

»Ich glaube schon.«

»Dann bitte ich Sie darum.«

»Ich will mein Bestes tun. Wie viele Polizisten haben Sie zur Verfügung?«

»Drei in Rufweite.«

53

»Ausgezeichnet«, nickte Holmes. »Darf ich fragen, ob alle drei groß und kräftig sind und über laute Stimmen verfügen?«

»Ich bin sicher, daß das alles zutrifft, obwohl ich, offen gestanden, nicht einsehen kann, was ihr Organ hiermit zu tun haben soll«, sagte Lestrade verwirrt.

»Ich hoffte, es wird mir gelingen, Ihnen zu dieser Erkenntnis zu verhelfen — vielleicht auch noch zu der einen oder anderen mehr«, sagte Holmes. »Seien Sie so gut, rufen Sie Ihre Leute. Ich will's dann versuchen.«

Fünf Minuten später standen drei Polizisten vor uns.

»Im Schuppen werden Sie eine beträchtliche Menge Stroh vorfinden«, sagte Holmes. »Ich möchte Sie bitten, zwei Bündel davon ins Haus zu holen. Ich glaube, das wird mir helfen, den fehlenden Zeugen herbeizurufen. — So, vielen Dank. Du hast doch sicher Streichhölzer in der Tasche, Watson? Und nun, Mr. Lestrade, begleiten Sie mich bitte mit Ihren Männern zum oberen Absatz der Treppe.«

Ich habe wohl vorhin schon erwähnt, daß sich oben ein breiter Korridor befand, der an drei leeren Schlafzimmern entlanglief. Sherlock Holmes versammelte uns alle an dem einen Ende des Flurs — die Schutzleute grinsten, und Lestrade starrte meinen Freund an: Überraschung, Erwartung und Spott wechselten auf seinem Gesicht. Holmes hingegen stellte sich in der Manier eines Zauberkünstlers, der gerade einen Trick vorbereitet, vor uns auf.

»Würden Sie einen Ihrer Polizisten bitten, zwei Eimer Wasser heraufzuholen?« wandte er sich an Lestrade. »Legen Sie das Stroh hier auf den Boden, aber es darf mit den Wänden nicht in Berührung kommen«, wies er den zweiten Polizisten an. »Nun, ich glaube, jetzt wären wir soweit.«

Lestrades Gesicht nahm langsam die Farbe eines Krebses an und drückte unverhohlen Ärger aus.

»Ich weiß nicht, ob Sie uns zum besten halten wollen, Mr. Holmes«, sagte er. »Wenn Sie wirklich etwas wissen, so können Sie es uns auch ohne all diesen Hokuspokus sagen.«

»Ich versichere Ihnen, mein lieber Lestrade, ich habe meine guten Gründe für alles, was ich tue. Erinnern Sie sich, wie Sie

mich erst vor ein paar Stunden aufgezogen haben, als das Glück
Ihnen hold zu sein schien? Da dürfen Sie mir doch jetzt ein
wenig Aufwand und Feierlichkeit nicht übelnehmen. Watson,
darf ich dich nun bitten, das Fenster zu öffnen und das Stroh
an einer Ecke anzuzünden?«

Ich tat es. Vom Luftzug getrieben, wirbelte eine graue Rauch-
fahne den Flur hinunter, während das trockene Stroh lichterloh brannte.

»Jetzt wollen wir doch versuchen, den fehlenden Zeugen für
Sie aufzutreiben, Lestrade. Darf ich Sie alle bitten, in den
Schrei ›Feuer‹ einzustimmen. Bitte jetzt: eins, zwei, drei —«

»Feuer!« brüllten wir alle.

»Sehr gut. Ich muß Sie noch einmal bemühen.«

»Feuer!«

»Noch einmal, meine Herren, alle zusammen.«

»Feuer!«

Unser Gebrüll muß bis nach Norwood hinein zu hören gewesen sein. Der Lärm war noch kaum verklungen, als etwas
Merkwürdiges geschah: Plötzlich flog eine Tür auf, und zwar
dort, wo ich eine solide Wand gesehen hatte, am Ende des
Flurs, und ein kleiner, verschrumpelter Mann schoß heraus, wie
ein Kaninchen aus seinem Bau.

»Großartig«, sagte Holmes kühl. »Watson, bitte einen Eimer
Wasser auf das Stroh. Ja, das genügt. — Lestrade, erlauben
Sie mir, Sie mit Ihrem Hauptzeugen bekannt zu machen: Mr.
Jonas Oldacre.«

Der Inspektor starrte den alten Mann wie eine Erscheinung
an. Dieser blinzelte in dem hellen Licht des Korridors und warf
mißtrauische Blicke auf uns und das verglimmende Feuer. Sein
Gesicht war durchtrieben, lasterhaft und böse, mit unsteten
grauen Augen unter weißen Augenwimpern.

»Was soll das heißen, he!« schrie schließlich Lestrade. »Wo
haben Sie die ganze Zeit über gesteckt?«

Oldacre ließ einen unsicheren Laut hören und wich vor dem
zorngeröteten Gesicht des Inspektors zurück.

»Aber ich hab' doch gar nichts getan . . .«

»Was, nichts getan? Sie haben alles getan, um einen Un-

55

schuldigen an den Galgen zu bringen! Und wäre dieser Herr hier neben mir nicht, weiß Gott, Sie hätten's erreicht!« Der erbärmliche Wicht begann zu wimmern.

»Glauben Sie mir doch, Sir, es sollte ja nur ein Scherz sein!«

»Ach nein, ein Scherz! Was Sie nicht sagen! Ich kann Ihnen jetzt schon versichern, die Lacher werden Sie nicht auf Ihrer Seite finden. Los, Leute, führt ihn 'runter und behaltet ihn im Wohnzimmer, bis ich komme. Mr. Holmes«, fuhr er fort, als wir wieder allein waren, »eben vor den Polizisten konnte ich es nicht gut sagen, aber jetzt — es macht mir nichts aus, daß Dr. Watson dabei ist — das ist doch das Tollste, was Sie bisher geleistet haben! Allerdings bleibt mir unbegreiflich, wie Sie darauf gekommen sind. Sie haben nicht nur das Leben eines Unschuldigen gerettet — Sie haben auch noch einen Skandal abgewendet, der meine Laufbahn bei der Polizei beendet hätte.«

Holmes lächelte und klopfte Lestrade auf die Schulter:

»Statt ruiniert zu sein, werden Sie feststellen, daß Ihr Kredit sehr gestiegen ist. Machen Sie nur ein paar Änderungen in dem Bericht, über dem Sie gerade saßen, und man wird merken, wie nutzlos es ist, Inspektor Lestrade Sand in die Augen streuen zu wollen.«

»Ja, möchten Sie denn nicht, daß Ihr Name erwähnt wird?«

»Aber woher denn! Heißt es nicht irgendwo so hübsch: ›Die gute Tat trägt ihren Lohn in sich‹? Und vielleicht komme ich eines späteren Tages doch noch zu Ehren, wenn ich nämlich meinem eifrigen Chronisten wieder erlaube, seine Aufzeichnungen zu veröffentlichen — nicht wahr, Watson? So, genug des Geredes, nun laßt uns einmal ansehen, wo diese Ratte sich eigentlich verstecktgehalten hat.«

Das Ende des Ganges war zu einem kleinen Raum ausgebaut, mit einer geschickt angebrachten, unsichtbaren Öffnung, die durch eine Zugvorrichtung von der Dachrinne aus betätigt werden konnte. Wir erblickten einige Möbel, Proviant, Wasser, Bücher und Papiere. »Da liegt eben der Vorteil, wenn man selbst Baumeister ist«, sagte Holmes, als wir wieder in den Flur traten. »Er konnte sich seinen eigenen kleinen Schlupfwinkel errichten, ohne auch nur einen Mitwisser zu haben — ausgenommen natürlich seine unschätzbare Haushälterin. — Wenn ich Sie wäre, Lestrade, würde ich keinen Augenblick zögern und diese Dame ebenfalls meiner Polizeifracht beifügen.«

»Ich werde Ihren Rat bestimmt befolgen. Aber sagen Sie, wie haben Sie sein Versteck entdeckt?«

»Nun, ich sagte mir, der Mann muß bestimmt im Haus versteckt sein. Als ich dann den Flur abschritt und dabei feststellte, daß er sechs Fuß kürzer als der entsprechende unten ist, lag es ja ziemlich auf der Hand, wo unser Mann war. Ich dachte mir, er würde nicht die Nerven aufbringen, bei einem Feueralarm ruhig in seinem Mauseloch zu verharren. Natürlich hätten wir auch von uns aus zu ihm hineingelangen können — aber es machte mir einfach Spaß, ihn sich selbst verraten zu lassen. Außerdem war ich Ihnen eine Revanche schuldig, Lestrade — für Ihre Fopperei heute früh.«

»Ja, Sir, in dem Punkt steht's nun bestimmt 2 zu 1 für Sie. Aber verraten Sie mir: Wie in aller Welt wußten Sie, daß er ausgerechnet hier im Haus steckt?«

»Der Daumenabdruck, Lestrade. Sagten Sie nicht wörtlich: ›Das gibt den Ausschlag‹? Sie wußten gar nicht, wie recht Sie hatten. Ich konnte schwören, daß der Abdruck am Tag zuvor nicht dagewesen war. Vielleicht haben Sie bemerkt, daß ich mich besonders den sogenannten Kleinigkeiten zu widmen pflege: Ich habe die Halle genau untersucht, und ich bin sicher, daß die Wand vorher sauber gewesen ist. Deshalb muß dieser Fingerabdruck während der Nacht angebracht worden sein.«

»Aber wie denn, Sir?«

»Ganz einfach: als jene Umschläge mit den Dokumenten versiegelt wurden, bat Oldacre Mr. McFarlane, einen der Siegel durch seinen Daumenaufdruck zu sichern. Vielleicht ist alles so rasch und unauffällig geschehen, daß der junge Mann sich nicht einmal daran erinnern kann. Als Oldacre dann später in seiner Höhle über dem Fall brütete, erinnerte er sich, welch herrlichen, unwiderlegbaren Beweis er für die Schuld McFarlanes liefern konnte. Es war kinderleicht für ihn, einen Wachsabdruck von jenem Siegel zu machen, ihn mit so viel Blut, wie ihm ein Nadelstich in den Finger lieferte, zu befeuchten und den Abdruck während der Nacht auf der Wand anzubringen — sei es nun durch eigene Hand oder durch die seiner Haushälterin. Ich wette, Sie finden das Siegel, wenn Sie die Dokumente, die er mit in sein Versteck genommen hat, durchsuchen.«

»Wunderbar«, sagte Lestrade, »einfach wunderbar! Wenn Sie es so darlegen, ist alles klar wie Kristall. Aber sagen Sie mir: Warum das alles: dieser Betrug, dieses Täuschungsmanöver?«

Es war schon sehr komisch mitanzusehen, wie der eben noch überhebliche, selbstsichere Inspektor plötzlich wie ein staunendes Kind seinen Lehrer befragte.

»Nun, ich glaube nicht, daß eine Erklärung schwerfällt. Unten haben wir einen verschlagenen, boshaften und rachsüchtigen alten Mann, der auf uns wartet. Sie wissen natürlich, daß er früher einmal von Mr. McFarlanes Mutter abgewiesen worden ist? Ach, nein? Ich riet Ihnen doch, zunächst nach Blackheath und dann erst nach Norwood zu fahren. Nun, dieses Unrecht — denn so empfand er es — schwärte in seinem kranken, ränkesüchtigen Gehirn; sein Leben lang lechzte er nach Vergeltung, und nie kam seine Chance. Im letzten Jahr, oder auch in den beiden letzten, hat er wenig Glück gehabt: geheime Spekulationen, nehme ich an, und so findet er sich ziemlich am Ende. Er beschließt, seine Gläubiger zu betrügen, und stellt hohe Schecks auf einen Mr. Cornelius aus, der — wie ich vermute — ein Deckname ist: für ihn selbst. Ich habe es noch nicht nachgeprüft, aber ich bin überzeugt, diese Summen wurden auf eine Provinzbank überwiesen. Er hatte vor, den Namen zu wechseln, und hob deshalb sein Geld ab, um zu verschwinden und irgendwo neu anzufangen.«

»Ja, das klingt glaubhaft.«

»Und dann kam ihm der gloriose Einfall, zwei Fliegen mit einer Klappe zu schlagen: erstens alle Spuren, die zu ihm führen könnten, zu verwischen, und gleichzeitig sich an seiner alten Liebsten zu rächen. Dazu mußte ihm nur gelingen, ihren einzigen Sohn als seinen Mörder hinzustellen. Das Testament: ein überzeugendes Motiv für die Tat; der heimliche Besuch, von dem nicht einmal die Eltern etwas wußten; der verbliebene Stock; das verspritzte Blut und schließlich die verkohlten Knochenreste und Knöpfe in der Asche des Holzstoßes — alles war bewundernswert aufgebaut. Ein Indiziennetz, aus dem selbst ich vor ein paar Stunden noch kein Entrinnen sah. Aber ihm fehlte die höchste Gabe des wirklichen Künstlers: nämlich zu wissen, wann man aufhören muß. Er wollte verbessern, was bereits vollendet war, den Strick um den Hals seines unglücklichen Opfers noch fester zuziehen — und damit zerstörte er alles. — Lassen Sie uns jetzt hinuntergehen, Lestrade, ich möchte ihn noch ein oder zwei Sachen fragen.«

Von zwei Polizisten eingerahmt, saß Oldacre in seinem Wohnzimmer.

»So glauben Sie mir doch, lieber Herr, es war ein Scherz, nur ein dummer Scherz«, winselte er unaufhörlich. »Ich schwöre Ihnen, ich hab' mich nur versteckt, weil ich erleben wollte, wie mein Verschwinden aufgenommen wird. Sie können doch nicht ernsthaft glauben, ich hätte zugelassen, daß dem armen McFarlane auch nur ein einziges Haar gekrümmt wird!«

»Das zu entscheiden, ist Sache des Gerichts«, sagte Lestrade. »Jedenfalls wird gegen Sie Anklage der Verschwörung, wenn nicht gar versuchten Mordes erhoben.«

»Außerdem müssen Sie es höchstwahrscheinlich auf sich nehmen, daß Ihre Gläubiger das Bankguthaben eines Mr. Cornelius mit Beschlag belegen«, fügte Holmes hinzu.

Der kleine Mann fuhr zusammen und richtete seine bösen Augen auf meinen Freund.

»Ihnen hab' ich eine Menge zu verdanken«, sagte er. »Vielleicht kann ich eines Tages die Rechnung begleichen.«

Holmes lächelte nachsichtig.

»Ich möchte annehmen, daß Ihre Zeit bis auf weiteres sehr ausgefüllt sein wird«, sagte er. »Aber verraten Sie mir noch, was steckten Sie, außer Ihrer alten Hose, in den Holzstoß? Einen toten Hund, ein Kaninchen, oder was? Sie wollen es nicht sagen? Das ist aber wirklich unfreundlich von Ihnen. Ich möchte meinen, ein paar Kaninchen würden sowohl das Blut als auch die verkohlten Knochenreste erklären. Solltest du jemals über diesen Fall schreiben, Watson, vergiß nicht, die Kaninchen zu erwähnen.«

Der Fehler in der Rechnung

Der folgende Fall stammt noch aus der Zeit, als ich im Padding-
ton District meine Praxis innehatte. Sie gehörte vorher dem
alten Mr. Farquhar, der einst ein beliebter Arzt gewesen war;
doch durch sein Alter und eine Art von Veitstanz, unter dem er
litt, war sein Wirkungskreis recht klein geworden. Die Menschen sind nun einmal der Meinung — was nicht unverständlich ist —, daß jemand, der andere heilen will, selbst heil sein
muß, und halten nicht allzu viel von der Heilkraft eines Mannes, dessen eigene Krankheit sich dem Zugriff seiner Mittel
entzieht. Je mehr also die Gesundheit meines Vorgängers nach-
ließ, desto schlimmer stand es um seine Praxis, bis sie zu dem
Zeitpunkt, an dem ich sie übernahm, von zwölfhundert Pfund
im Jahr auf etwas über dreihundert abgesunken war. Ich vertraute jedoch auf meine Jugend und Energie und war überzeugt, sie in ein paar Jahren wieder zur Blüte bringen zu
können. Was ist seitdem alles geschehen, und wie einsam stünde
ich heute da ohne meinen Freund Sherlock Holmes!

Die ersten drei Monate nach Übernahme der Praxis hatte ich
alle Hände voll zu tun und sah ihn nur selten, ich war zu beschäftigt, um die Baker Street aufzusuchen, und er ging, wenn
sein Beruf es nicht erforderte, kaum jemals aus. Daher überraschte es mich, eines Morgens nach dem Frühstück bei der
Lektüre des *British Medical Journal* die Klingel zu hören und
gleich darauf die hohe, etwas angespannte Stimme meines
alten Gefährten.

»Ah, mein lieber Watson«, sagte er, ins Zimmer kommend,
»ich freue mich sehr, dich wiederzusehen. Ich nehme an, Mrs.
Watson hat sich von all den kleinen Aufregungen erholt, die sie

leider mit erleben mußte, und die mit dem ›Zeichen der Vier‹ in Verbindung standen?«[*]

»Danke, uns beiden geht es ausgezeichnet«, sagte ich, ihm herzlich die Hand schüttelnd.

»Und ich hoffe auch«, fuhr er fort und ließ sich im Schaukelstuhl nieder, »daß die Pflege der ärztlichen Praxis nicht ganz das Interesse ausgelöscht hat, das du einst an unseren kleinen Kombinationen hattest.«

»Im Gegenteil«, antwortete ich. »Erst gestern abend habe ich mir meine alten Aufzeichnungen angesehen und einige unserer Ergebnisse eingeordnet.«

»Ich nehme an, du betrachtest deine Sammlung noch nicht als abgeschlossen?«

»Ganz und gar nicht. Ich wünsche nichts sehnlicher, als meinen Erfahrungen noch etliche hinzufügen zu können.«

»Heute, zum Beispiel?«

»Gewiß, heute, wenn du willst.«

»Und wenn es bis nach Birmingham geht?«

»Warum nicht?«

»Und die Praxis?«

»Ich besorge die meines Nachbarn, wenn er verreist.«

»Dann ist ja alles in bester Ordnung!« sagte Holmes, lehnte sich auf seinem Stuhl zurück und blickte mich aus halbgeschlossenen Lidern scharf an. »Ich stelle fest, daß du letzthin nicht ganz auf dem Posten warst. Sommer-Erkältungen sind stets etwas heikel.«

»In der vergangenen Woche war ich durch eine Grippe ans Haus gefesselt. Ich hab' aber gedacht, es wäre mir nichts mehr anzumerken.«

»Ist's auch nicht. Du siehst bemerkenswert robust aus.«

»Und woher weißt du's also?«

»Mein lieber Freund, du kennst doch meine Methode.«

»Du hast kombiniert?«

»Gewiß.«

»Und woraus?«

[*] Siehe »*Im Zeichen der Vier*« (Ullstein Buch Nr. 2744)

»Aus deinen Schuhen.«

Ich blickte auf die neuen Lackschuhe nieder, die ich trug.

»Wie um alles . . .?«, begann ich, doch Holmes beantwortete meine Frage, ehe sie gestellt war.

»Deine Schuhe sind neu«, sagte er. »Du kannst sie höchstens seit ein paar Wochen haben. Die Sohlen, die du mir im Augenblick präsentierst, sind eine Spur angesengt. Eine Sekunde lang dachte ich, sie wären vielleicht naß geworden und beim Trocknen angebrannt. Am Spann jedoch ist ein kleiner runder Klebezettel mit den Hieroglyphen des Schuhgeschäfts. Den hätte die Feuchtigkeit natürlich entfernt. Du hast also mit ausgestreckten Beinen vor dem Kamin gesessen, was kein Mensch tut, auch nicht in einem so nassen Juni wie dem jetzigen, der sich voller Gesundheit erfreut.«

Wie bei jeder Beweisführung von Holmes schien das Ganze die Einfachheit selbst, war's erst einmal erklärt. Er las mir den Gedanken vom Gesicht ab, und sein Lächeln zeigte eine Spur von Bitterkeit.

»Ich fürchte, ich gebe mich ziemlich preis, sobald ich erkläre«, sagte er. »Resultate ohne Ursachen sind viel eindrucksvoller. Also, kommst du mit nach Birmingham?«

»Sicher. Was ist's für ein Fall?«

»Du wirst alles im Zug hören. Mein Klient wartet draußen in einer Droschke. Kannst du sofort mitkommen?«

»Gleich.« Ich kritzelte eine Nachricht für meinen Nachbarn, lief nach oben, um meiner Frau Bescheid zu geben, und traf mit Holmes auf der Schwelle zusammen.

»Dein Nachbar ist Arzt?« sagte er, wobei er mit einem Kopfnicken auf das Messingschild wies.

»Ja. Er hat sich eine Praxis gekauft wie ich.«

»Eine alt-eingeführte?«

»Genau wie meine. Beide bestehen, seit die Häuser gebaut wurden.«

»Dann hast du die bessere erwischt.«

»Ich glaub' schon. Aber woher weißt du das?«

»Von den Treppenstufen, mein Guter. Deine sind drei Zoll tiefer ausgetreten als seine. Hier dieser Gentleman in der

Droschke ist mein Klient, Mr. Hall Pycroft. Darf ich vorstellen? Und nun Galopp, Kutscher, wir erreichen gerade noch den Zug.«

Der Mann, dem ich mich gegenüber fand, war ein wohlgestalter junger Bursche mit frischer Hautfarbe, einem offenen, ehrlichen Gesicht und dünnem, steifem, gelbem Schnurrbart. Er trug einen glänzenden Zylinder und einen adretten Anzug von unauffälligem Schwarz, wodurch er nach dem aussah, was er war: ein smarter junger City-Mann der Klasse, die das Etikett ›Cockneys‹ trägt, aber unsere besten Freiwilligenregimenter stellt und mehr gute Athleten und Sportsleute hervorbringt als irgendeine andere Klasse des Landes. Sein rundes rotes Gesicht war von Natur aus fröhlich, seine Mundwinkel jedoch schienen wie in halb-komischer Qual herabgezogen. Erst, als wir alle in einem Erster-Klasse-Wagen saßen und nach Birmingham ratterten, erfuhr ich, aus welchem Grunde er Sherlock Holmes aufgesucht hatte.

»Wir haben siebzig Minuten vor uns«, bemerkte Holmes.

»Ich möchte Sie bitten, Mr. Hall Pycroft, meinem Freund Ihr sehr interessantes Erlebnis genau so zu erzählen, wie Sie es mir erzählt haben, wenn möglich noch mehr ins einzelne gehend. Es wird mir von Nutzen sein, die Aufeinanderfolge der Geschehnisse noch einmal zu hören. Es ist ein Fall, Watson, an dem möglicherweise etwas dran ist, möglicherweise auch nicht — der jedoch zumindest jene außergewöhnlichen Merkmale zeigt, die dir ebenso lieb sind wie mir. — Nun werde ich Sie, Mr. Pycroft, nicht mehr unterbrechen.«

Unser junger Begleiter sah mich mit einem Augenzwinkern an.

»Das Schlimmste an der Geschichte ist«, sagte er, »daß ich mich als ein verwünschter Narr erweise. Natürlich kann alles gut ausgehen, und ich hab' alles richtig gemacht; wenn ich aber meine Stelle verloren habe und nichts dafür gewinne, dann werd' ich merken, was für'n Dummkopf ich gewesen bin. Erzählen ist nicht meine starke Seite, Dr. Watson, aber es geht folgendermaßen:

Ich war bei Coxon & Woodhouse, Drapers' Gardens. Im Frühjahr fielen sie durch die Venezuela-Anleihe auf die Nase, wie Sie bestimmt noch wissen, und zwar nicht schlecht. Ich war fünf Jahre bei ihnen gewesen, und der alte Coxon gab mir'n phantastisch gutes Zeugnis, als die Pleite kam, aber wir Angestellten wurden natürlich an die Luft gesetzt, alle siebenundzwanzig. Ich versucht's hier und versucht's da, aber ein Haufen andere Kerls steckten in der gleichen Klemme wie ich, und eine Zeitlang war's eine gehörige Flaute. Bei Coxons hatte ich drei Pfund die Woche eingesackt, und ich hatte mir so an die siebzig gespart, aber mit denen ging's bald zu Ende, und ich saß auf dem trocknen. Da war dann Feierabend, und ich brachte kaum mehr die Briefmarken zusammen, wenn ich auf Annoncen schrieb, oder die Kuverts, wo ich sie draufkleben konnte. Ich hatte mir die Hacken auf Bürotreppen schiefgelaufen, und von einer Anstellung war weit und breit nichts zu sehen.

Schließlich las ich von einer Vakanz bei Mawson & Williams, der großen Maklerfirma in der Lombard Street. Ich glaube, das East Centre schlägt nicht ganz in Ihr Fach, aber ich kann Ihnen flüstern, daß das so ziemlich die reichste Firma in London ist. Die Annonce mußte schriftlich beantwortet werden. Ich schickte meine Bewerbung und mein Zeugnis ein — aber ohne jede Hoffnung, die Stelle zu kriegen. Umgehend kam die Antwort: Ich sollt' nächsten Montag erscheinen, dann könnt' ich meinen Posten sofort antreten, vorausgesetzt, meine Erscheinung wäre zufriedenstellend. Kein Mensch weiß, wie so was vor sich geht. Manche sagen, der Abteilungsleiter faßt bloß in den Haufen rein und nimmt die erste Bewerbung, die er in die Finger kriegt. Jedenfalls war ich diesmal dran, und ich bin bald an die Decke gesprungen. Der Witz war: ein Pfund die Woche mehr, und die Arbeit so ziemlich die gleiche wie bei Coxon. Und jetzt komme ich zu dem verdrehten Teil der Geschichte. Ich hatte nach Hampstead raus eine Bleibe — Potter's Terrace 17, genau gesagt. Na, den Abend, wo sie mir die Stelle versprochen hatten, saß ich da und qualmte, als meine Wirtin mit einer Karte reinkam, auf der ›Arthur Pinner, Finanz-Agent‹ gedruckt stand. Ich hatt' den Namen noch nie gehört und konnt' mir nicht vorstellen, was der von mir wollte, aber ich

64

hab' natürlich gesagt, sie soll ihn raufbringen. Er kommt rein-
marschiert: ein mittelgroßer, dunkelhaariger, dunkeläugiger,
schwarzbärtiger Mann mit einer 'n bißchen glänzenden Nase.
Er hatte was Draufgängerisches an sich und redete munter
los, so wie einer, der den Wert der Zeit kennt.

›Mr. Hall Pycroft?‹ sagte er.

›Jawohl, Sir‹, antwortete ich und schob ihm einen Stuhl
hin.

›Kürzlich bei Coxon & Woodhouse angestellt gewesen?‹

›Ja, Sir.‹

›Und jetzt bei Mawson?‹

›So ist es.‹

›Nun ja‹, sagte er. ›Die Sache ist die: Ich habe aller-
hand Schmeichelhaftes von Ihren Fähigkeiten erzählen hören.
Erinnern Sie sich an Parker, der eine Zeitlang Manager bei
Coxon war? Der findet nicht genug Worte!‹

Selbstredend hab' ich das gern gehört. Ich war im Büro immer ziemlich obenan, aber ich hätt' mir nicht träumen lassen,
daß sie in der City so von mir reden.

›Haben Sie ein gutes Gedächtnis?‹ fragte er.

›Einigermaßen‹, antwortete ich bescheiden.

›Haben Sie mit dem Börsenmarkt Kontakt behalten, solange
Sie ohne Arbeit waren?‹ fragte er.

›Doch, ich lese jeden Morgen die Stock Exchange List.‹

›Na, das spricht für wirkliche Anteilnahme!‹ rief er. ›Auf
diese Weise bringt man's zu was! Sie haben nichts dagegen,
daß ich Sie auf die Probe stelle, wie? Lassen Sie mich sehn! Wie
stehen Ayrshires?‹

›Hundertfünf zu hundertfünf-und-ein-Viertel.‹

›Und New Zealand Consolidated?‹

›Hundertvier.‹

›Und British Broken Hills?‹

›Sieben zu sieben-und-sechs.‹

›Donnerwetter!‹ rief er mit erhobenen Händen. ›Das paßt
genau zu dem, was ich gehört habe. Mein Junge, mein Junge,
Sie sind ganz entschieden viel zu gut für einen Angestellten
bei Mawson!‹

65

Dieser Ausbruch verwunderte mich nicht schlecht, wie Sie sich denken können.

›Nun‹, sagte ich, ›andere scheinen nicht ganz so viel von mir zu halten, wie Sie es offenbar tun, Mr. Pinner. Ich hab' mich ganz schön anstrengen müssen, diese Stelle zu kriegen, und ich bin sehr froh, daß ich sie habe.‹

›Pah, Mann, Sie sollten drüber erhaben sein. Sie sind nicht in Ihrer wahren Sphäre. Nun werd' ich Ihnen erzählen, wie's bei mir aussieht. Was ich zu bieten habe, ist wenig genug — an Ihren Fähigkeiten gemessen; im Vergleich zu Mawson aber ist's wie Tag und Nacht. Lassen Sie mich sehn! Wann fangen Sie bei Mawson an?‹

›Am Montag.‹

›Ich möchte wetten, daß Sie gar nicht erst hingehn.‹

›Ich soll nicht zu Mawson gehn?‹

›Nein, Sir. An dem Tage sind Sie Business Manager der Franco-Midland Hardware Company, Limited, mit hundert-vierunddreißig Niederlassungen in den Städten und Dörfern Frankreichs, nicht gezählt die in Brüssel und San Remo.‹

Das verschlug mir den Atem. ›Davon hab' ich noch nie was gehört‹, sagte ich.

›Kaum anzunehmen. Es ist alles ziemlich geheimgehalten worden, denn das Kapital stammt aus Privathand, und für die Öffentlichkeit ist das Ganze zu schade. Mein Bruder, Harry Pinner, ist Promoter und kommt als geschäftsführender Direktor in den Vorstand. Er wußte, daß ich hier unten auf dem laufen-den war, und er hat mich beauftragt, einen guten Mann billig einzukaufen — einen jungen, vorwärtsstrebenden Menschen mit Schwung und Schmiß. Parker sprach von Ihnen, und das hat mich heute abend hergeführt. Für den Anfang können wir Ihnen nur lumpige fünfhundert bieten —‹

›Fünfhundert pro Jahr!‹ schrie ich.

›Mehr nicht, Anfangsgehalt, aber Sie bekommen eine or-dentliche Provision: ein Prozent auf alle von Ihren Agenten ge-tätigten Abschlüsse. Und Sie dürfen versichert sein, daß dies mehr als Ihr Gehalt einbringt.‹

›Aber ich verstehe nichts von Haushaltswaren.‹

›Was soll's — Sie verstehen sich auf Zahlen.‹

Mir brummte der Kopf, und mich hielt's kaum auf dem Stuhl. Aber plötzlich überkam mich eine Anwandlung von Zweifel.

›Ich muß aufrichtig sein‹, sagte ich. ›Mawson gibt mir nur zweihundert, aber Mawson ist sicher. Sehen Sie, ich weiß so wenig von Ihrer Company, daß ich . . .‹

›Ah, sehr klug, vorzüglich!‹ rief er in einer Art von Begeisterung. ›Sie sind genau der richtige Mann für uns! Sie lassen sich nicht beschwatzen — und tun wohl daran. Aber, hier ist eine Hundertpfund-Note, und wenn Sie meinen, daß wir ins Geschäft kommen, stecken Sie's ein und betrachten den Lappen als Vorschuß.‹

›Das ist sehr hübsch‹, sagte ich. ›Wann soll ich meinen neuen Posten antreten?‹

›Seien Sie morgen um eins in Birmingham‹, sagte er. ›Ich habe hier eine Mitteilung für meinen Bruder in der Tasche, die Sie ihm übergeben werden. Sie finden ihn in der Corporation Street 126, wo die vorläufigen Büros der Company liegen. Natürlich muß er Ihre Anstellung bestätigen, aber das wird schon klappen, keine Bange.‹

›Wirklich, ich weiß nicht, wie ich Ihnen meine Dankbarkeit ausdrücken soll, Mr. Pinner‹, sagte ich.

›Überhaupt nicht, mein Junge. Sie empfangen nur Ihren gerechten Lohn. Aber da sind noch ein oder zwei Kleinigkeiten — bloße Formalitäten —, die wir in Ordnung bringen müssen. Sie haben da ein Stück Papier neben sich liegen. Schreiben Sie freundlicherweise darauf: Ich erkläre mich willens und bereit, für die Franco-Midland Hardware Company, Limited, den Posten eines Business Manager zu übernehmen. Mindestgehalt £ 500.‹

Ich tat's, und er steckte das Papier ein.

›Noch eine Kleinigkeit‹, sagte er. ›Wie wollen Sie's mit Mawson halten?‹

In meiner Freude hatte ich Mawson ganz vergessen.

›Ich werd' hinschreiben und absagen‹, sagte ich.

›Genau das werden Sie nicht tun. Ich habe mich mit Maw-

67

sons Manager Ihretwegen in die Wolle gekriegt. Ich bin raufgegangen, um mich nach Ihnen zu erkundigen, und er war sehr unfreundlich — beschuldigte mich, Sie abzuwerben, und dergleichen mehr. Zum Schluß hätte ich beinah die Geduld verloren. ›Wenn Sie anständige Leute haben wollen, sollten Sie ihnen einen anständigen Preis bezahlen‹, habe ich gesagt. ›Dem ist unser kleiner Preis lieber als Ihr großer‹, hat er gesagt. ›Ich wett' einen Fünfer‹, habe ich gesagt, ›daß Sie kein Wort mehr von ihm hören, wenn er mein Angebot hat.‹ — ›Abgemacht!‹ hat er gesagt. ›Wir haben ihn aus der Gosse aufgelesen, und so schnell verläßt der uns nicht.‹ Das waren seine Worte.

›Dieser unverschämte Lümmel!‹ rief ich. ›Ich hab' ihn nicht ein einziges Mal gesehen. Wieso sollte ich irgendwie auf ihn Rücksicht nehmen? Natürlich werde ich nicht schreiben wenn Ihnen das lieber ist.‹

›Das ist ein Versprechen!‹ sagte er und stand auf. ›Nun, ich bin entzückt, einen so guten Mann für meinen Bruder gefunden zu haben. Hier ist Ihr Vorschuß von hundert Pfund, und hier ist der Brief. Merken Sie sich die Adresse, Corporation Street 126, und denken Sie daran: Morgen um ein Uhr müssen Sie dort sein. Gute Nacht, hoffentlich bleibt das Glück bei Ihnen, wie Sie's verdienen.‹

Das war's ungefähr zwischen uns, soweit ich mich erinnere. Sie können sich vorstellen, Dr. Watson, wie froh ich über einen solchen Glücksfall war. Ich bin die halbe Nacht wach geblieben vor Aufregung, und den nächsten Tag bin ich in einen Zug nach Birmingham gestiegen, der mir reichlich Zeit bis zu meiner Verabredung ließ. Ich habe meine Sachen in ein Hotel in der New Street gebracht, und dann bin ich zu der Adresse gegangen, die man mir gegeben hatte. Ich kam eine Viertelstunde zu früh, aber ich dachte, das macht nichts. 126 war ein Gang zwischen zwei großen Läden, der zu einer steinernen Wendeltreppe führte; von der gingen viele Wohnungen ab, die an Firmen oder Einzelpersonen als Büros vermietet waren. Die Namen der Inhaber hatte man unten an die Wand gemalt, aber von einer Franco-Midland Hardware Company, Limited, war nichts zu sehen. Ein paar Minuten stand ich da, das Herz in der Hose, und überlegte, ob die ganze Geschichte ein großer Jux wär' oder was, als ein Mann raufkam und mich ansprach. Er sah genauso aus wie der Herr, den ich abends zuvor gesehen hatte, die gleiche Gestalt und Stimme, aber er war glattrasiert, und seine Haare schienen mir heller.

›Sind Sie Mr. Hall Pycroft?‹ fragte er.

›Ja‹, sagte ich.

›Ah. Ich habe Sie erwartet, aber Sie kommen eine Spur zu früh. Ich habe heute früh kurz von meinem Bruder gehört, und er hat überschwenglich Ihr Lob gesungen.‹

›Ich habe grade das Büro gesucht, als Sie kamen.‹

›Wir haben unseren Namen noch nicht angebracht, denn wir bekamen diese Räumlichkeiten erst in der vergangenen Woche. Kommen Sie mit herauf, und wir werden die Angelegenheit besprechen.‹

Ich folgte ihm eine ganz hohe Treppe rauf, und da oben, direkt unter den Schindeln, waren ein paar leere und staubige Räume, ohne Teppiche und Vorhänge, und da führte er mich rein. Ich hatte mir ein großes Büro vorgestellt, mit blanken Tischen und Reihen von Angestellten, wie ich's gewohnt war, und ich muß sagen, ich hab' ziemlich dumm auf die beiden Stühle und den kleinen Tisch geguckt, was mit einem Hauptbuch und einem Papierkorb die ganze Einrichtung bildete.

›Verlieren Sie den Mut nicht, Mr. Pycroft‹, sagte mein neuer Bekannter, als er mein langes Gesicht sah. ›Rom ist nicht an einem Tag erbaut worden, und wir haben haufenweise Geld im Hintergrund, aber in puncto Büros machen wir einstweilen noch keine gute Figur. Bitte, setzen Sie sich und lassen Sie mich Ihren Brief lesen.‹

Ich gab ihn dem Herrn, und er las ihn sorgfältig durch.

›Sie scheinen einen ungeheuren Eindruck auf meinen Bruder Arthur gemacht zu haben‹, sagte er, ›und ich weiß, daß er ein recht scharfäugiger Beurteiler ist. Er schwört auf London, wissen Sie, und ich auf Birmingham, aber diesmal werde ich seinem Ratschlag folgen. Bitte, betrachten Sie sich als definitiv angestellt.‹

69

›Welches sind meine Aufgaben?‹ fragte ich.

›Sie sollen eines Tages das große Depot in Paris leiten, das eine Flut von englischem Geschirr in die Läden von einhundertvierunddreißig Filialen in Frankreich senden wird. Der Kauf dürfte in einer Woche abgeschlossen sein, und mittlerweile bleiben Sie in Birmingham und machen sich nützlich.‹

›Auf welche Weise?‹

Als Antwort nahm er ein großes rotes Buch aus einer Schublade. ›Dies ist ein Adreßbuch von Paris‹, sagte er. ›Das Gewerbe kommt hinter den Namen. Ich möchte, daß Sie es mit nach Hause nehmen und alle Haushaltswarenhändler mit ihren Anschriften herausschreiben. Die zu haben, wäre für mich von größtem Nutzen.‹

›Es gibt doch bestimmt ein Branchen-Adreßbuch?‹ wandte ich ein.

›Kein zuverlässiges. Ihr System ist anders als unseres. Halten Sie sich ran und lassen Sie mich die Listen Montag mittag haben. Um zwölf. Guten Tag, Mr. Pycroft. Wenn Sie weiterhin Eifer und Einsicht zeigen, werden Sie die Company noch sehr schätzen lernen.‹

Mit dem großen Buch unterm Arm ging ich ins Hotel zurück, und in der Brust hatte ich sehr widersprüchliche Gefühle. Einerseits war ich definitiv angestellt und hatte hundert Pfund in der Tasche. Anderseits war da das Aussehen des Büros; kein Name an der Wand, und noch andere Punkte, die einem Geschäftsmann aufstoßen. Na, wie dem auch sei, ich hatte mein Geld, und so machte ich mich an meine Aufgabe. Den ganzen Sonntag war ich schwer beschäftigt, und doch hatte ich's Montag bloß bis H geschafft. Ich bin zu meinem Arbeitgeber gegangen, fand ihn in einem genauso ausgeräumten Zimmer und ließ mir sagen, ich sollte bis Mittwoch weitermachen und dann wiederkommen. Mittwoch war's immer noch nicht fertig, also schuftete ich bis Freitag — gestern. Dann brachte ich's zu Mr. Harry Pinner.

›Ich danke Ihnen sehr‹, sagte er. ›Ich fürchte, ich habe die Schwierigkeit der Aufgabe unterschätzt. Diese Liste ist mir eine wertvolle Hilfe.‹

›Dauerte seine Zeit‹, sagte ich.

›Und nun‹, sagte er, ›möchte ich von Ihnen eine Liste der Ausstattungsgeschäfte haben, denn die verkaufen ebenfalls Geschirr.‹

›Sehr wohl.‹

›Und Sie können morgen abend um sieben vorsprechen und mir sagen, wie Sie vorankommen. Überarbeiten Sie sich nicht. Ein paar Stunden in Day's Music-Hall am Abend könnten Ihnen nach Ihrer schweren Arbeit nicht schaden.‹ Er lachte, während er sprach, und mir fiel auf, daß sein zweiter Zahn oben links stark mit Gold gefüllt war.«

Sherlock Holmes rieb sich die Hände, und ich blickte erstaunt-fragend unseren Klienten an.

»Sie dürfen ruhig überrascht dreinschauen, Dr. Watson, aber die Sache ist so«, sagte er. »Als ich mit dem andern Burschen in London sprach, der mir ausredete, zu Mawson zu gehen, da hab' ich zufällig gemerkt, daß sein Zahn genau die gleiche Füllung hatte. In beiden Fällen fiel mir das Blinken des Goldes ins Auge, wissen Sie. Als ich mir das zusammenreimte: Stimme und Gestalt auch gleich, und nur die Dinge verschieden, die man mit Rasiermesser und Perücke ändern kann, da blieb mir kein Zweifel, dies ist derselbe Mann. Natürlich kann man erwarten, daß sich zwei Brüder ähnlich sehen, aber nicht, daß sie den gleichen Zahn auf die gleiche Weise plombiert haben. — Er verabschiedete mich höflich, und ich stand auf der Straße und wußte nicht, wo oben und wo unten war. Na, ich ging ins Hotel zurück und steckte meinen Kopf in kaltes Wasser, und dann hab' ich versucht, mir einen Vers drauf zu machen. Warum hatte er mich von London nach Birmingham geschickt? Warum war er vor mir hingefahren? Und warum hatte er an sich selber einen Brief geschrieben? Da kam mir blitzartig die Idee: Was mir dunkel war, mochte Mr. Sherlock Holmes völlig klar sein. Ich hatte grad Zeit, mit dem Nachtzug in die Stadt zu fahren, ihn heute früh aufzusuchen und Sie beide mit nach Birmingham zu bringen.«

Es entstand eine Pause, nachdem der brave, wenn auch etwas ungebildete Angestellte sein erstaunliches Erlebnis erzählt hatte. Sherlock Holmes zwinkerte mir zu und lehnte sich mit befrie-

digtem und gleichzeitig kritischem Gesicht in die Polster zurück,
wie ein Kenner, der gerade den ersten Schluck eines Jahrhundertweins genossen hat.

»Nicht übel, Watson, wie?« sagte er. »Einige Punkte erregen
mein Wohlgefallen. Ich glaube, du wirst mit mir übereinstimmen, daß eine Unterredung mit Mr. Arthur Harry Pinner im
vorläufigen Büro der Franco-Midland Hardware Company,
Limited, für uns beide ein nicht uninteressantes Erlebnis sein
könnte.«

»Aber wie wollen wir das bewerkstelligen?«

»Nichts leichter als das«, sagte Hall Pycroft fröhlich. »Sie
sind zwei Freunde von mir, die eine Stelle suchen; und was
wäre natürlicher, als daß ich Sie beide dem Managing Director
vorführe?«

»Genauso! Famos!« sagte Holmes. »Ich würde ganz gern mal
einen Blick auf den Herrn werfen und sehen, ob dieses kleine
Spielchen etwas ergibt. Welche Qualitäten hast du vorzuweisen, mein Freund, die deine Dienste wünschenswert erscheinen
lassen könnten? Oder wäre es möglich, daß —«. Er biß sich auf
die Finger und starrte zum Fenster hinaus, und wir bekamen
kaum mehr etwas aus ihm heraus, bis wir in der New Street
anlangten.

Um sieben Uhr an diesem Abend gingen wir drei die Corporation Street hinunter zum Büro der Company.

»Es hat überhaupt keinen Sinn, vor der Zeit dazusein«, sagte
unser Klient. »Offenbar kommt er nur hin, um mich zu treffen,
denn bis zu dem Zeitpunkt, den er festsetzt, ist der Laden leer.«

»Wie aufschlußreich«, bemerkte Holmes.

»Beim Zeus, ich hab's Ihnen ja gesagt!« rief der Büroknecht
aus. »Das ist er, da vor uns.«

Er zeigte uns einen ziemlich kleinen, blonden, gut gekleideten
Mann, der auf der anderen Straßenseite vorwärts eilte. Während wir ihn beobachteten, blickte er zu einem Jungen hinüber, der die letzte Ausgabe der Abendzeitung ausrief, lief
zwischen den Droschken und Bussen hindurch und kaufte ihm

72

eine Nummer ab. Er hielt sie fest in der Hand und verschwand in einem Torweg.

»Da geht er hin!« sagte Hall Pycroft. »Das ist das Büro der Company, wo er reingegangen ist. Kommen Sie mit, und ich werd's so glatt wie möglich einfädeln.«

Unter seiner Führung stiegen wir vier Stockwerke hinauf, bis wir uns vor einer halbgeöffneten Tür befanden, an die unser Klient klopfte. Innen sagte eine Stimme: »Herein«, und wir betraten einen kahlen, unmöblierten Raum, wie Hall Pycroft ihn beschrieben hatte. An dem einsamen Tisch saß der Mann, den wir auf der Straße gesehen hatten; seine Abendzeitung lag ausgebreitet vor ihm, und als er aufschaute, wollte mir scheinen, als hätte ich noch nie ein Gesicht erblickt, das solchen Kummer widerspiegelte, und etwas über Kummer hinaus — ein Entsetzen, das nur wenigen Menschen im Leben begegnet. Seine Brauen glitzerten vor Schweiß, seine Wangen hatten das fahle tote Weiß eines Fischbauchs, und an dem Erstaunen, das sich auf dem Gesicht unseres Führers zeigte, konnte ich erkennen, daß dies durchaus nicht die gewohnte Erscheinung seines Arbeitgebers war.

»Sie sehen krank aus, Mr. Pinner«, rief er.

»Ja, ich fühle mich nicht ganz wohl«, entgegnete der andere, wobei er deutliche Anstrengungen unternahm, sich zusammenzureißen, und sich die trockenen Lippen leckte, ehe er sprach. »Wer sind diese Herren, die Sie mitgebracht haben?«

»Der eine ist Mr. Harris aus Bermondsey, und der andere Mr. Price von hier«, sagte unser Gefährte eilfertig. »Freunde von mir und Gentlemen mit Erfahrung; aber sie sind seit einiger Zeit ohne Anstellung und hofften, daß Sie vielleicht eine Stelle in der Company für sie hätten.«

»Durchaus möglich! Durchaus möglich!« rief Mr. Pinner mit einem gespenstischen Lächeln. »Ja, ich bin überzeugt, daß wir etwas für Sie tun können. Welches ist Ihr Fach, Mr. Harris?«

»Ich bin Buchhalter«, sagte Holmes.

»Ah ja, so etwas werden wir brauchen. — Und Sie, Mr. Price?«

»Kaufmännischer Angestellter«, sagte ich.

»Ich hoffe zuversichtlich, daß die Company Sie unterbringen kann. Sobald wir zu einem Entscheid gekommen sind, werde ich Ihnen Nachricht geben. Und nun bitte ich Sie zu gehen. Um Himmels willen, lassen Sie mich allein!«

Die letzten Worte brachen aus ihm hervor, als wäre der Zwang, den er sich offensichtlich auferlegt hatte, plötzlich und rückhaltlos zerrissen. Holmes und ich sahen uns an, und Hall Pycroft tat einen Schritt auf den Tisch zu.

»Sie vergessen, Mr. Pinner, daß ich herbestellt bin, um Direktiven von Ihnen entgegenzunehmen«, sagte er.

»Gewiß, Mr. Pycroft, gewiß«, antwortete der andere in ruhigerem Ton. »Sie warten vielleicht einen Augenblick. Und ich sehe keinen Grund, weshalb Ihre Freunde nicht mit Ihnen warten sollten. In drei Minuten stehe ich Ihnen zu voller Verfügung, wenn ich Ihre Geduld so lange in Anspruch nehmen darf.« Er erhob sich höflich, ging mit einer Verbeugung an uns vorüber und verließ den Raum durch eine zweite Tür, die er hinter sich schloß.

»Was nun?« flüsterte Holmes. »Geht er uns durch die Lappen?«

»Unmöglich«, antwortete Pycroft.

»Wieso das?«

»Die Tür führt zu einem Innenraum.«

»Kein Ausgang?«

»Nein.«

»Ist er möbliert?«

»Gestern war er noch leer.«

»Was um alles in der Welt kann er denn da wollen? In dieser Geschichte steckt etwas, das ich nicht verstehe. Wenn jemals ein Mann halb verrückt vor Entsetzen war, dann ist's Pinner. Was kann ihn bloß so in Schrecken versetzt haben?«

»Er argwöhnt, daß wir Detektive sind«, legte ich nahe.

»Das ist es«, sagte Pycroft.

Holmes schüttelte den Kopf. »Er ist nicht blaß geworden. Er *war* blaß, als wir hereinkamen«, sagte er. »Es ist möglich, daß er . . .«

Seine Worte wurden von einem harten Rat-tat aus der Richtung der Innentür unterbrochen.

»Was klopft der an seine eigene Tür, zum Teufel?« sagte der Angestellte.

Wieder, und viel lauter, kam das Rat-tat-tat. Alle starrten wie erwartungsvoll auf die geschlossene Tür. Als ich Holmes anschaute, sah ich, wie sein Gesicht hart wurde und er sich in starker Erregung vorbeugte. Dann kam plötzlich ein tiefes, glucksendes, gurgelndes Geräusch und ein rasches Trommeln auf Holzwerk. Blitzschnell sprang Holmes durch den Raum und stieß an die Tür. Sie war von innen verschlossen. Seinem Beispiel folgend, warfen wir uns mit unserm ganzen Gewicht dagegen. Ein Scharnier riß, dann das andere, und krachend stürzte die Tür zu Boden. Über sie hinweg stolperten wir ins Zimmer.

Es war leer.

Doch alsbald entdeckten wir etwas. In einer Ecke, der dem anderen Zimmer nächstgelegenen Ecke, war noch eine Tür. Holmes sprang hinzu und riß sie auf. Ein Rock und eine Weste lagen auf dem Boden, und an einem Haken hinter der Tür hing, seine eigenen Hosenträger um den Hals, der Managing Director der Franco-Midland Hardware Company. Seine Knie waren hochgezogen, sein Kopf hing in einem Winkel zum Körper, und die zuckenden Absätze an der Tür hatten jenes Geräusch verursacht, das unsere Konversation unterbrochen hatte. Sogleich packte ich ihn um die Hüfte und hielt ihn hoch, während Holmes und Pycroft die Träger lösten, die zwischen den bläulichen Hautfalten verschwunden waren. Dann trugen wir ihn in den vorderen Raum, wo er mit schieferfarbenem Gesicht lag; bei jedem Atemzug blähten sich seine Lippen auf — ein Wrack des Menschen, der er vor noch nicht fünf Minuten gewesen war.

»Was hältst du von ihm, Watson?« fragte Holmes.

Ich beugte mich über ihn und untersuchte ihn. Sein Puls war schwach und ungleichmäßig, aber seine Atemzüge wurden länger, und seine Augenlider zuckten ein wenig und gaben einen dünnen weißen Spalt frei.

»Er war gerade an der Grenze«, sagte ich feierlich, »aber jetzt bleibt er am Leben. Macht das Fenster auf und gebt mir die Wasserkaraffe.« Ich öffnete seinen Kragen, schüttete ihm das kalte Wasser übers Gesicht und hob und senkte seine Arme, bis er einen langen, natürlichen Atemzug tat.

»Jetzt ist's nur noch eine Frage der Zeit«, erklärte ich, als ich mich aufrichtete.

Holmes stand am Tisch; er hatte seine Hände tief in den Hosentaschen und sein Kinn auf der Brust.

»Ich vermute, wir müssen jetzt die Polizei hinzuziehen«, sagte er. »Und außerdem möchte ich einen gelösten Fall vorlegen, wenn sie kommt.«

»Für mich ist das noch unverständlich«, sagte Pycroft, sich den Kopf kratzend. »Weshalb sie mich hierherbringen sollten und dann . . .«

»So klar wie der lichte Tag!« sagte Holmes ungeduldig. »Dieser letzte plötzliche Schritt, der ist es.«

»Dann verstehen Sie das übrige auch?«

»Ich denke, es liegt auf der Hand. Wie, Watson?«

Ich zuckte mit den Schultern. »Tu nicht wieder so, als ob wir es wissen müßten«, sagte ich.

»Wenn du die Ereignisse betrachtest, können sie nur auf einen Schluß hinzielen.«

»Da bin ich gespannt.«

»Nun, die ganze Geschichte hängt an zwei Punkten. Der eine ist, daß sie Pycroft eine Erklärung schreiben ließen, mit der er in die Dienste dieser albernen Company tritt. Siehst du nicht, wie aufschlußreich das ist?«

»Ich fürchte, da komme ich nicht mit.«

»Ja, weshalb haben sie ihn das tun lassen? Nicht aus Geschäftsgründen, denn solche Absprachen sind meist mündlich, und es gab nicht die mindeste Veranlassung, hier eine Ausnahme zu machen. — Sehen Sie nicht, mein junger Freund, daß die Leute alles darauf anlegten, eine Probe Ihrer Handschrift zu bekommen, und keine andere Möglichkeit dazu hatten?«

»Aber wozu das?«

»Wenn wir das beantworten, kommen wir mit unserem kleinen Problem schon ein hübsches Stück weiter. Also: wozu? Es kann nur einen hinreichenden Grund geben. Jemand wollte

76

Ihre Handschrift kopieren lernen, und dazu mußte er eine Probe von ihr haben. Und wenn wir jetzt zum zweiten Punkt übergehen, entdecken wir, daß jeder Licht auf den anderen wirft. Der zweite Punkt ist die Forderung von Pinner, Sie sollten Ihre Stelle nicht kündigen, sondern den Manager dieses bedeutenden Unternehmens in der vollen Erwartung lassen, daß ein Mr. Hall Pycroft, den er nie gesehen hatte, Montag seinen Posten antreten werde.«

»Mein Gott!« rief unser Klient. »Was war ich für ein Dummkopf!«

»Nun verstehen Sie den Punkt mit der Handschrift. Stellen Sie sich vor, es wäre jemand an Ihrer Statt aufgetaucht, der ganz anders schreibt, als Sie es in Ihrer Bewerbung getan haben! In der Zwischenzeit jedoch lernte der Schurke, Ihre Handschrift zu imitieren, und seine Stellung war daher gesichert, denn ich nehme an, daß auch sonst niemand im Büro Sie je zu Gesicht bekommen hat?«

»Keine Menschenseele«, sagte Hall Pycroft.

»Sehr gut. Natürlich war es von der größten Bedeutung, Sie daran zu hindern, sich's anders zu überlegen, und es Ihnen außerdem unmöglich zu machen, mit irgend jemandem in Berührung zu kommen, der Ihnen erzählen könnte, daß Ihr Doppelgänger im Büro von Mawson arbeitet. Deshalb hat man Ihnen einen hübschen Vorschuß gegeben und Sie in die Midlands abgeschoben. Hier gab man Ihnen genügend Arbeit, um Sie daran zu hindern, nach London zu fahren, wo Sie vielleicht das kleine Geschäft hätten auffliegen lassen können. Das ist doch alles wirklich sonnenklar!«

»Aber weshalb gab dieser Mann vor, sein eigener Bruder zu sein?«

»Offensichtlich sind sie nur zu zweit. Der andere gibt sich im Büro für Sie aus. Dieser hier stellte Sie an, und dann merkte er, daß er keinen Arbeitgeber für Sie finden konnte, ohne einen Dritten in die Verschwörung einzubeziehen. Das war der Fehler in der Rechnung, die kleine Dummheit, an der jeder Verbrecher scheitert. Er veränderte seine Erscheinung, so gut er konnte, und vertraute darauf, daß die Ähnlichkeit, die Ihnen auffallen mußte, als Familien-Ähnlichkeit wirkte. Früher oder später mußten Sie darauf kommen, daß es sich um ein und denselben Mann handelte. Fragt sich nur, ob früh genug.«

Hall Pycroft schüttelte seine geballten Fäuste. »Großer Gott!« rief er aus. »Während sie mich auf diese Weise an der Nase herumführten — was hat denn da der andere Hall Pycroft bei Mawson angestellt? Was sollen wir tun, Mr. Holmes?«

»Wir müssen an Mawson depeschieren.«

»Samstags schließen sie um zwölf.«

»Immerhin — vielleicht haben sie einen Pförtner oder Wächter —«

»Ah ja, sie haben einen ständigen Wächter wegen der Wertpapiere im Depot. Ich hab' in der City davon reden hören.«

»Sehr gut. Dem werden wir depeschieren und fragen, ob alles in Ordnung ist und ob ein Angestellter Ihres Namens dort arbeitet. Das wäre klar. Was mir aber nicht so klar ist: Weshalb sollte einer der Schurken bei unserem Anblick schnurstracks aus dem Zimmer gehn und sich aufhängen?«

»Die Zeitung!« krächzte eine Stimme hinter uns.

Der Mann saß aufrecht, bleich und gespenstisch; Leben kehrte in seine Augen zurück und in die Hände, die nervös an dem breiten roten Striemen rieben, der noch an seinem Hals zu sehen war.

»Die Zeitung! Natürlich!« schrie Holmes in wilder Erregung. »Ich Idiot! Da denke ich so viel an unsern Besuch, daß mir die Zeitung keinen Augenblick in den Sinn kam. Todsicher: Da muß das Geheimnis liegen.« Er breitete sie auf dem Tisch aus.

»Sieh dir das an, Watson!« rief er. »Es ist eine Londoner Zeitung, eine Frühausgabe des *Evening Standard*. Hier steht, was wir suchen. Sieh dir die Schlagzeilen an — ›*Verbrechen in der City. Mord bei Mawson & Williams. Gigantischer Raubversuch. Verbrecher gefaßt.*‹ Watson, wir sind alle gleich neugierig, also liest du am besten vor.«

Nach Platz und Aufmachung zu urteilen, schien es *das* Ereignis der Stadt gewesen zu sein:

»›Ein verzweifelter Raubversuch, der im Tode eines Mannes und der Festnahme des Verbrechers gipfelte, spielte sich heute in der City ab. Seit geraumer Zeit ist Mawson & Williams, das berühmte Finanzhaus, der Wächter über Wertpapiere, die sich insgesamt auf eine Summe von weit über eine Million Sterling belaufen. Der Manager war sich der großen Verantwortung, die sich aus diesen Werten ergab, sehr wohl bewußt, so daß er Safes neuester Konstruktion einführte; außerdem war ein bewaffneter Wachmann Tag und Nacht im Gebäude. Scheinbar wurde in der vergangenen Woche ein neuer Angestellter mit Namen Hall Pycroft von der Firma eingestellt. Diese Person ist aber offenbar niemand anders als Beddington gewesen, der berühmte Fälscher und Geldschrankknacker, der mit seinem Bruder zusammen erst kürzlich eine fünfjährige Zuchthausstrafe abgesessen hat. Auf irgendeine Weise, die noch nicht aufgeklärt ist, gelang es ihm, sich unter falschem Namen diese Stellung im Büro zu sichern, die er dazu benutzte, sich Abdrücke verschiedener Schlösser und eine genaue Kenntnis der Lage der Stahlkammer und der Safes zu verschaffen.

Es ist Brauch bei Mawson, daß die Angestellten das Haus am Sonnabend mittag verlassen. Sergeant Tuson von der City Police war daher etwas überrascht, als er um zwanzig Minuten nach eins einen Herrn mit einer Reisetasche die Stufen herunterkommen sah. Der Sergeant schöpfte Verdacht und folgte dem Mann, und mit Unterstützung von Constabler Pollock gelang es ihm, ihn trotz äußerst verzweifelten Widerstandes festzunehmen. Es wurde sogleich klar, daß ein waghalsiger und gigantischer Raubüberfall stattgefunden hatte. American Railway Bonds im Werte von annähernd hunderttausend Pfund sowie ein erheblicher Betrag in Aktien von Gruben und Gesellschaften wurden in der Tasche entdeckt. Als man das Gebäude durchsuchte, wurde die Leiche des unglücklichen Wachmannes zusammengekrümmt im größten Safe gefunden, wo sie erst Montag morgen entdeckt worden wäre, hätte Sergeant Tuson nicht so prompt gehandelt. Des Mannes Schädel ist durch einen von hinten geführten Schlag mit einem Feuerhaken zerschmettert worden. Zweifellos hatte Beddington sich dadurch Einlaß verschafft, daß er vorgab, etwas vergessen zu haben. Als er den Wachmann ermordet hatte, raubte er den großen Safe aus und machte sich mit seiner Beute aus dem Staub. Sein Bruder, der gewöhnlich mit ihm zusammenarbeitet, ist bei diesem Streich nicht in Erscheinung getreten, soweit bisher festgestellt werden konnte; die Polizei indes fahndet fieberhaft nach seinem Verbleib.‹«

»Nun, in *der* Hinsicht können wir der Polizei Mühe ersparen«, sagte Holmes mit einem Blick auf die am Fenster kauernde, verstörte Gestalt. »Die menschliche Natur ist eine merkwürdige Mischung, Watson. Wie du siehst, kann sogar ein Schuft und Mörder seinen eigenen Bruder zum Selbstmord treiben. Und sei es aus Angst. Was sind wir für Kreaturen! Wir haben keine Wahl, was unser Tun betrifft. — Der Doktor und ich, wir werden hier Wache halten, Mr. Pycroft. Haben Sie die Güte, die Polizei zu verständigen.«

Der einsame Radfahrer

Von 1894 bis Ende des Jahres 1901 war Sherlock Holmes das, was man einen vielbeschäftigten Mann nennt. Man macht sich keiner Übertreibung schuldig, wenn man behauptet, daß es innerhalb dieser acht Jahre keinen bekannten, einigermaßen schwierigen Fall gegeben hat, zu dem man ihn nicht hinzugezogen hätte, nicht zu vergessen die sozusagen privaten Affären — es waren Hunderte, verworren und jeweils sehr verschieden —, bei denen er entscheidend eingegriffen hat. Viele aufsehenerregende Erfolge und ein paar unvermeidliche Fehlschläge bildeten die Ernte dieser langen, schaffensreichen Zeit. Und zu ihr gehört auch die Geschichte der Miß Violet Smith, die ich dem Leser im folgenden erzählen möchte.

Meine Notizen aus dem Jahr 1895 zeigen mir, daß es ein Sonnabend, der 23. April war, als wir selbst zum erstenmal von ihrer Existenz erfuhren. Noch heute weiß ich, daß Sherlock Holmes von ihrem Besuch wenig erbaut war. Er plagte sich gerade mit einem anderen, ziemlich verworrenen und schwierigen Problem herum; es betraf den bekannten Tabak-Millionär John Vincent Harden, der sich auf eine seltsame Weise belästigt fühlte. Wie man weiß, schätzte mein Freund nichts höher als Genauigkeit und konzentriertes Denken, und so verabscheute er alles, was ihn von seiner jeweiligen Aufgabe ablenkte. Trotzdem brachte er es nicht fertig, ohne schroff zu werden — was seiner Natur überhaupt nicht lag —, die junge und schöne Frau abzuweisen, die so spät abends bei uns in der Baker Street erschien und von ihm Rat und Hilfe erflehte. Ja, es war wirklich eine große und königlich-anmutige Erscheinung! Das Argument, er habe keine Zeit, nutzte nicht das mindeste, denn die junge Dame war mit dem festen Entschluß gekommen, ihre Geschichte loszuwerden. Man hätte sie schon mit Gewalt hinauswerfen müssen, um sie daran zu hindern. Resignierend und mit müdem Lächeln bat Holmes also unseren schönen Störenfried, Platz zu nehmen und zu berichten.

»Um Ihre Gesundheit kann es sich jedenfalls nicht handeln«, sagte er, nachdem er sie kurz gemustert hatte. »Eine so passionierte Radfahrerin muß ja vor Kraft überschäumen.« Überrascht blickte sie auf ihre Füße hinunter, und da bemerkte auch ich die leicht aufgerauhte Stelle an ihrer Schuhsohle, die durch die Reibung mit dem Pedal entstanden war. »Ja, es stimmt, Mr. Holmes, ich fahre ziemlich häufig Rad, und damit hat auch das zu tun, was mich heute zu Ihnen führt.«

Holmes nahm die unbehandschuhte Hand der jungen Dame und betrachtete sie mit so viel Aufmerksamkeit und so wenig persönlichem Gefühl, wie ein Wissenschaftler sie seinem Studienobjekt entgegenzubringen pflegt.

»Entschuldigen Sie, das gehört zu meinem Beruf«, sagte er, als er sie wieder freigab. »Fast wäre ich dem Irrtum verfallen, Sie für eine Stenotypistin zu halten. Aber es ist ja offensichtlich, daß Sie mit Musik zu tun haben. Bemerkst du die abgeflachten Fingerkuppen, Watson, Kennzeichen beider Berufe? Aber es ist Geist in diesem Gesicht« — sanft drehte er den Kopf des Mädchens zum Licht — »der eher auf die Tasten eines Klaviers als die einer Schreibmaschine schließen läßt.«

»Ja, Mr. Holmes, ich unterrichte Musik.«

»Und auf dem Lande, nicht wahr? Sie haben eine so blühende Gesichtsfarbe.«

»Ja, Sir, in der Nähe von Farnham, also an der Grenze Surreys.«

»Eine wundervolle Gegend, mit vielen interessanten Erinnerungen für mich verbunden. Kannst du dich noch erinnern, Watson, dort haben wir damals Archie Stamford, den Fälscher, festgenommen. So, und nun erzählen Sie, Miß Violet: Was ist Ihnen in der Nähe von Farnham an der Grenze von Surrey zugestoßen?« Die junge Dame begann: »Mein Vater lebt nicht mehr, Mr. Holmes. Er hieß James Smith und war Leiter des Orchesters im alten Königlichen Theater. Als er von uns ging, blieben meine Mutter und ich allein und ohne Verwandte zurück. Es gab da nur noch einen Onkel – Ralph Smith –; aber er war schon vor 25 Jahren nach Afrika ausgewandert; wir haben seitdem nichts von ihm gehört. Vater hinterließ uns kein Vermögen, wir waren sehr arm. Dann erfuhren wir eines Tages von einem Inserat in der *Times,* in dem nach unserem Verbleib geforscht wurde. Sie können sich denken, wie wir uns aufregten; natürlich glaubten wir, irgendwer hätte uns etwas vermacht. Wir suchten sofort den Anwalt auf, dessen Adresse in der Annonce angegeben war. Dort trafen wir zwei Herren: Mr. Carruthers und Mr. Woodley, die gerade auf Heimaturlaub aus Südafrika in London waren. Sie erzählten uns, mein Onkel sei mit ihnen befreundet gewesen und vor ein paar Monaten verarmt in Johannesburg gestorben; doch habe er sie auf dem Sterbebett bitten können, seine Verwandten ausfindig zu machen und zu sorgen, daß sie nicht Not leiden. Es kam uns zwar etwas sonderbar vor, daß Onkel Ralph, der sich zu seinen Lebzeiten nie um uns gekümmert hatte, nun plötzlich nach seinem Tod diese Fürsorge für uns entfaltete. Aber Mr. Carruthers erklärte es damit, daß mein Onkel erst spät vom Ableben seines Bruders erfahren und sich deshalb nun für uns verantwortlich gefühlt habe.«

»Verzeihen Sie die Unterbrechung: Wann fand dieses Gespräch statt?« fragte Holmes.

»Vorigen Dezember, also vor vier Monaten.«

»Bitte fahren Sie fort.«

»Mr. Woodley war mir sofort unsympathisch. Ein plumper, aufgedunsener Mann mit rotem Schnurrbart und ins Gesicht hineinwachsenden Haaren. Er starrte mich unentwegt verliebt an – ich hatte das Gefühl, Cyril würde es nicht recht sein, daß ich ihn überhaupt kennenlerne.«

»Aha, Cyril heißt also der Glückliche«, meinte Holmes lächelnd.

Das Mädchen wurde rot und lachte. »Ja, Mr. Holmes, er heißt Cyril Morton und ist Elektroingenieur; wir hoffen, Ende des Sommers heiraten zu können. Mein Gott, aber wie komme ich dazu, von ihm zu sprechen! Was ich vorhin sagen wollte: Mr. Woodley ist mir richtig widerlich, während Mr. Carruthers, ein

83

viel älterer Mann, einen angenehmeren Eindruck auf mich machte. Sie müssen ihn sich so vorstellen: dunkel, blaß, glattrasiert und sehr schweigsam, aber er war höflich und hatte ein freundliches Lächeln. Er wollte wissen, wie wir gestellt seien, und als er von unseren eher dürftigen Verhältnissen hörte, machte er mir den Vorschlag, zu ihm zu ziehen und seine zehnjährige Tochter in Musik zu unterrichten. Als ich einwandte, ich wolle meine Mutter nicht alleinlassen, meinte er, ich könne ja jedes Wochenende nach Hause fahren, und dann bot er mir hundert Pfund im Jahr, wirklich ein glänzendes Gehalt, nicht wahr? Nun, das Ende des Lieds war, daß ich zustimmte und meine Stellung in Chiltern Grange antrat — es ist etwa sechs Meilen von Farnham entfernt. Mr. Carruthers ist Witwer, er wird von einer Haushälterin versorgt, einer respektablen älteren Frau; sie heißt Mrs. Dixon. Auch das Kind war lieb, und so versprach alles gut zu gehen. Mr. Carruthers war immer freundlich, außerdem ist er sehr musikalisch, so daß wir manche interessanten Abende zusammen verbrachten. Jedes Wochenende fuhr ich nach Hause zu meiner Mutter.

Den ersten Stoß bekam mein Glück, als der schnurrbärtige Mr. Woodley auftauchte. Er wollte eine Woche bleiben, aber es kam mir vor, als seien es drei Monate. Ein gräßlicher Mensch, unverschämt herrisch zu allen, zu mir aber auf andere Art noch scheußlicher. Er machte mir den Hof, prahlte mit seinem Reichtum, versprach mir die herrlichsten Diamanten von ganz London, wenn ich ihn heiratete, und als ich auf nichts einging und nichts von ihm wissen wollte, riß er mich schließlich eines Tages nach dem Abendessen in seine Arme. Er hat Riesenkräfte, und er schwor, er würde mich nicht eher freilassen, bis ich ihn geküßt hätte. In diesem Augenblick kam Mr. Carruthers ins Zimmer und befreite mich. Da ging Woodley doch wahrhaftig auf seinen eigenen Gastgeber los, schlug ihn nieder und richtete ihn furchtbar zu. Sie können sich denken, daß sein Besuch damit ein Ende fand. Am nächsten Morgen entschuldigte sich Mr. Carruthers bei mir und versicherte, daß so etwas nie wieder vorkommen würde. Seitdem habe ich Mr. Woodley nicht wiedergesehen.

So, und jetzt komme ich zu dem, was den Ausschlag für mich gab, Sie aufzusuchen. Zuvor müssen Sie wissen, daß ich jeden Sonnabend mit meinem Fahrrad zum Bahnhof von Farnham fahre, um den 12.22 Uhr Zug nach London zu erreichen. Die Straße von Chiltern Grange zum Bahnhof ist sehr einsam, besonders dort, wo sie eine Meile von Charlington Heath in der einen und von Charlington Hall in der anderen Richtung entfernt ist. Man kann sich kaum eine verlassenere Strecke vorstellen: selten, daß man einem Fuhrwerk oder auch nur einem Bauern begegnet, ehe man auf die Hauptstraße bei Crooksbury Hill stößt. Es ist jetzt zwei Wochen her, daß ich mich an dieser Stelle zufällig umschaute und einen Mann bemerkte: Auch er fuhr auf einem Rad, etwa fünfzig Meter hinter mir. Er schien in mittleren Jahren zu sein und hatte einen dunklen Bart. Als ich mich kurz vor Farnham noch einmal umdrehte, war er nicht mehr da, und ich vergaß den Vorfall. Stellen Sie sich mein Erstaunen vor, Mr. Holmes, als ich bei der Rückfahrt am Montag wieder denselben Mann auf derselben Strecke bemerkte! Meine Verwunderung nahm zu, als sich der Vorgang am nächsten Sonnabend und Montag wiederholte. Er hielt immer den gleichen Abstand und belästigte mich in keiner Weise — aber das Ganze war doch seltsam.

Ich erzählte Mr. Carruthers davon, und er schien sehr interessiert. Er sagte, er habe ein Pferd und einen leichten Wagen bestellt, damit ich in Zukunft nicht mehr allein über die einsamen Wege fahren müßte.

Pferd und Wagen sollten diese Woche geliefert werden, aber dann klappte es doch nicht, und so fuhr ich wieder mit dem Rad zum Bahnhof. Das war heute morgen. Natürlich paßte ich auf, als ich bei Charlington Heath anlangte — und tatsächlich: Da war wieder der Mann, genau wie in den letzten beiden Wochen. Auch diesmal blieb er so weit zurück, daß ich ihn nicht deutlich sehen konnte, aber immerhin bin ich jetzt sicher, ihn nicht zu kennen. Er trug einen dunklen Anzug und eine Tuchmütze. Das einzige, was ich wirklich deutlich erkennen konnte, war der kurze dunkle Bart. Es beunruhigte mich nicht, machte mich aber neugierig, und ich beschloß, herauszufinden, wer er war und was er bezweckte. So fuhr ich langsamer — er tat es auch. Ich hielt an — er ebenfalls. Und dann wollte ich ihm eine Falle stellen: Auf der Strecke gibt es eine scharfe Kurve. Ich radelte also in höchstem Tempo los, sprang unmittelbar nach der Biegung des Weges ab und wartete. Ich dachte, er würde angerast kommen und, ehe er abspringen könnte, an mir vorbeifahren. Aber er erschien überhaupt nicht. Ich ging also zurück und sah um die Kurve. Eine Meile des Weges lag vor mir — niemand zu sehen. Und, ob Sie es glauben oder nicht: Es gibt an der Strecke auch keine Abzweigung, in die er eingebogen sein könnte.«

»Der Fall entbehrt nicht eigenartiger Züge«, sagte Holmes, indem er sich die Hände rieb. »Was meinen Sie, wieviel Zeit verging von dem Augenblick an, als Sie hinter der Kurve verschwunden waren, bis Sie feststellten, daß die ganze Straße hinter Ihnen völlig leer war?«

»Ungefähr zwei bis drei Minuten.«

»Er kann den Weg also nicht zurückgefahren sein. Aber Sie sagen, es gibt keine Abzweigungen?«

»Nein, keine.«

»Wahrscheinlich wird er dann einen Fußweg auf der einen oder anderen Seite eingeschlagen haben.«

»Auf der Seite nach Charlington Heath zu kann er nicht gewesen sein, sonst hätte ich ihn sehen müssen.«

»Nun, dann gelangen wir also bei unserem Ausscheidungsverfahren zu dem Schluß, daß er den Pfad nach Charlington Hall gewählt hat. Sie sagten, das Gebäude liegt in privatem Gelände auf der einen Seite der Straße. Können Sie noch etwas hinzufügen?«

»Nein, das war alles, Mr. Holmes. Nur noch, ich war so verwirrt, daß ich wußte, ich würde keine Ruhe finden, ehe ich Sie nicht gesprochen und Ihren Rat gehört hätte.«

Holmes saß eine Zeitlang schweigend da.

»Wo befindet sich der junge Mann, mit dem Sie verlobt sind?« fragte er schließlich.

»Er arbeitet bei der Midland Electric Company in Coventry.«

»Es fällt wohl aus, daß er Ihnen einen Überraschungsbesuch machen wollte?«

»Oh, Mr. Holmes! Was glauben Sie! Ich hätte ihn doch erkannt!«

»Haben Sie irgendwelche anderen Verehrer gehabt?«

»Ja, ein paar, ehe ich Cyril kennenlernte.«

»Und später?«

»Nun, dieser furchtbare Mensch Woodley, wenn Sie ihn überhaupt als Menschen bezeichnen wollen.«

»Und sonst niemand?«

Unsere hübsche Klientin schien etwas verlegen.

»Nun, noch jemand?« fragte Holmes.

»Gott, es ist wahrscheinlich bloße Einbildung von mir, aber manchmal habe ich das Gefühl, daß mein Arbeitgeber, Mr. Carruthers, sich für mich interessiert. Ich begleite ihn abends oft auf dem Klavier, wenn er musiziert. Er spielt ausgezeichnet Cello. Nicht daß er je etwas gesagt hätte, o nein, er ist wirklich ein Gentleman. Aber ein Mädchen merkt so etwas ja doch.«

»Hm.« Holmes blickte ernst drein. »Was für ein Leben führt er? Wie verdient er seinen Unterhalt?«

»Er ist ein reicher Mann.«

»Keine Wagen und Pferde?«

»Nein. Aber auf jeden Fall steht er sich recht gut. Zwei oder dreimal in der Woche fährt er nach London; er ist an südafrikanischen Goldaktien interessiert.«

»Miß Smith, Sie werden mich weiter über die Entwicklung der Dinge unterrichten, ja? Ich bin im Augenblick zwar sehr beschäftigt, werde aber trotzdem die Zeit aufbringen und ein paar Nachforschungen in Ihrer Sache anstellen. Inzwischen unternehmen Sie nichts, ohne es mich wissen zu lassen. Ich verlasse mich fest darauf. Und jetzt: auf Wiedersehen. Ich hoffe, wir werden nur Erfreuliches von Ihnen hören.«

»Ein Naturgesetz, Watson, daß Männer einem solchen Mädchen nachlaufen«, sagte Holmes, während er seine Pfeife stopfte. »Daß sie ihr mit Fahrrädern auf einsamen Landwegen nachtrampeln, ist allerdings weniger gut. Aber ohne Zweifel — ein geheimer Verehrer. Da sind ein paar sonderbare und vielversprechende Momente in der Geschichte, mein Lieber.«

»Du meinst, daß der Mann nur an dieser einen Stelle aufkreuzt?«

»So ist es. Wir müssen also zunächst feststellen, wem Charlington Hall gehört. Ferner: In welchem Verhältnis stehen Carruthers und Woodley zueinander, zwei Männer von anscheinend so verschiedenen Charakteren. Warum waren beide so scharf darauf, Ralph Smith' Verwandtschaft ausfindig zu machen? Und noch ein weiterer Punkt, Watson: Was ist das für ein Haushalt, der den doppelten Preis für eine Musiklehrerin aufbringt, aber nicht in der Lage ist, ein Pferd zu halten, noch dazu, wo das Anwesen sechs Meilen von der nächsten Bahnstation entfernt liegt? Merkwürdig, wirklich merkwürdig.«

»Du willst also hinfahren?«

»Nein, mein Junge, *du* wirst hinfahren. Vielleicht stellt sich das Ganze als irgendeine bedeutungslose Intrige heraus, und dann stehe ich da und habe dafür meine andere Arbeit unterbrochen. Soweit sollen wir es erst gar nicht kommen lassen. Paß auf: Am Montag wirst du ziemlich früh in Farnham eintreffen, dich in der Nähe von Charlington Heath verstecken, wirst beobachten, was geschieht, und das tun, was dir als richtig erscheint. Dann — wenn du festgestellt hast, wer die Bewohner von Haus Charlington sind, kommst du hierher zurück und berichtest. So — und nun kein Wort weiter über dieses Thema, Watson, zuerst müssen wir ein paar Anhaltspunkte haben, die uns weiterführen.«

Von der jungen Dame wußten wir, daß sie montags mit dem Zug um 9.50 von Waterloo Station aufbrach. Ich stand also zeitig auf und nahm den Zug um 9.13 Uhr. Von Farnham war es weiter nicht schwer, nach Charlington Heath zu finden. Auch die bezeichnete Stelle konnte man kaum verfehlen, denn die Straße führte dort genau zwischen der flachen Heidelandschaft auf der einen und dem alten Eibengehölz auf der anderen Seite hindurch. Die Eiben umgrenzten einen Park mit herrlichen alten Bäumen.

Ich sah einen gepflasterten Zufahrtsweg, und auf den beiden Säulen, die das Portal einrahmten, prangten irgendwelche verstaubten heroischen Embleme. Außerdem stellte ich fest, daß es ein paar undichte Stellen in der Hecke gab und Pfade, die dorthin führten. Von der Straße aus konnte man das Haus nicht sehen, aber schon die ganze Umgebung vermittelte ein Gefühl von Düsternis und Verfall.

Die Heide war mit goldenen Flecken blühenden Ginsters gesprenkelt, die herrlich in der klaren Frühlingssonne leuchteten. Ich bezog meinen Posten hinter einem Ginsterbusch, und zwar so, daß ich nicht nur den Einfahrtsweg zum Haus, sondern auch ein gutes Stück der Straße in beiden Richtungen überblicken konnte. Als ich hier eintraf, war sie völlig leer gewesen, aber nun entdeckte ich einen Radfahrer; er kam nicht aus der Richtung vom Bahnhof, wie ich eben, sondern aus der entgegengesetzten. Er war dunkel gekleidet und trug einen schwarzen Bart. Beim Ende des Charlington Grundstücks angelangt, sprang er ab, schob sein Rad durch eine der Lücken in der Hecke und verschwand so aus meinem Gesichtsfeld.

Eine Viertelstunde verstrich, dann erschien ein zweiter Radfahrer. Diesmal war es unsere junge Dame, die vom Bahnhof kam. Sie blickte sich vielfach um, als sie die Charlington-Hecke erreichte. Einen Augenblick später schlüpfte der Mann aus seinem Versteck, bestieg sein Rad und folgte ihr. In der weiten vor mir liegenden Landschaft bildeten die beiden die einzigen sich bewegenden Punkte: das anmutige Mädchen, das äußerst gerade auf dem Sattel saß, und der Mann, der sich tief über seine Lenkstange beugte, als wolle er sich nicht gern erkennen lassen. Dann blickte sie sich nach ihm um und verlangsamte ihr Tempo. Er machte es ihr nach. Sie hielt. Er hielt ebenfalls, immer noch fünfzig bis siebzig Meter hinter ihr. Ihr nächster Ausfall war ebenso überraschend wie kühn. Sie riß ihr Rad herum und steuerte geradenwegs auf ihn zu. Er schien darauf gefaßt, denn er raste ebenso schnell und verzweifelt zurück. Bald darauf fuhr sie in ihrer ursprünglichen Richtung weiter, den Kopf hochmütig erhoben, ohne ihren scheuen Verfolger auch nur mit einem Blick zu bedenken. Bis die Kurve sie meiner Sicht entriß, folgte er ihr, immer in derselben Entfernung.

Ich verharrte noch in meinem Versteck, und das war klug von mir, denn bald tauchte der Mann wieder auf und radelte zu-

rück. Er bog in die Einfahrt Charlington Hall ein und stieg
dann von seinem Rad. Ein paar Minuten lang sah ich ihn zwischen den Bäumen stehen. Er hatte die Hände erhoben und
machte sich etwas an seinem Hals zu schaffen, anscheinend
richtete er seine Krawatte. Dann stieg er auf und entschwand
wieder meinen Blicken in Richtung Charlington Hall. Ich rannte
quer über die Heide und spähte zwischen den Bäumen hindurch. Ganz in der Ferne bemerkte ich jetzt das alte graue Haus
aus der Tudorzeit mit seinen steilen Schornsteinen, doch die
Auffahrt führte durch dichtes Gebüsch, und so sah ich nichts
mehr von meinem Mann.

Ich hatte immerhin das einigermaßen angenehme Gefühl,
gute Arbeit geleistet zu haben; so kehrte ich beschwingt nach
Farnham zurück. Der Ortsmakler konnte mir nichts weiter über
Charlington Hall berichten, verwies mich aber an eine bekannte
Firma an der Pall-Mall. Wieder in London angekommen, machte ich dort halt und wurde von einem verwunderten Agenten
empfangen. Ich könne Charlington Hall für den Sommer nicht
mehr haben, sagte er, ich käme leider zu spät. Man habe es
bereits vor mehr als einem Monat vergeben. Der augenblickliche
Mieter heiße Mr. Williamson; ein würdiger älterer Herr. Der
höfliche Agent bedauerte, mir nicht mehr sagen zu können:
über die Angelegenheiten seiner Klienten zu sprechen, sei ihm
leider nicht möglich.

Am Abend lauschte Holmes aufmerksam meinem langen Bericht, aber wenn ich auf ein Wort des Lobes gehofft hatte —
ich meinte, es verdient zu haben —, so wartete ich vergebens.
Im Gegenteil: sein schon ohnehin ernstes Gesicht wurde noch
düsterer, als er daranging, meine Taten und meine Unterlas-
sungen gegeneinander abzuwägen.

»Dein Versteck, mein lieber Watson, hast du denkbar ungeschickt gewählt. Du hättest dich hinter der Hecke postieren
müssen, um diesen geheimnisvollen Gentleman aus der Nähe
sehen zu können. So, wie du es angefangen hast, warst du an
die dreißig Meter von ihm entfernt und kannst mir noch weniger berichten als Miß Smith. Sie glaubt zwar, sie kennt den
Mann nicht, aber ich bin überzeugt, sie irrt sich. Überlege:

Warum sollte er sonst befürchten, daß sie so nahe an ihn herankommt? Weil sie sein Gesicht sehen könnte! Du beschreibst, wie er sich über die Lenkstange beugte — das ist doch eindeutig! Wirklich, ich kann es nicht anders sagen: Du hast beachtenswert schlechte Arbeit geleistet! Dann kehrte er ins Haus zurück, und du versuchst festzustellen, wer er ist. Dazu gehst du ausgerechnet zu einem Londoner Hausmakler!«

»Ja, was hätte ich denn sonst tun sollen?« rief ich, einigermaßen aufgebracht.

»Na, was denn wohl? Du hättest dich in die nächste Kneipe setzen sollen. Da gedeiht doch der Klatsch besser als sonst irgendwo. Du hättest dort alles erfahren können; vom Lehrer angefangen bis zur Putzfrau hätte man dir mehr erzählt, als dir lieb gewesen wäre. Williamson! Daß ich nicht lache! Das besagt gar nichts. Wenn er ein älterer Herr ist, kann er nicht der rührige Radfahrer sein, der der Verfolgung durch die kräftige junge Dame entgeht. Was haben wir also letztlich durch deine Expedition erfahren? Die Bestätigung, daß die Geschichte des Mädchens auf Wahrheit beruht — und daran habe ich nie gezweifelt. Daß es eine Verbindung zwischen Charlington Hall und dem Radfahrer gibt — auch das war klar. Schön, das Haus ist von einem Mr. Williamson gemietet worden — na und? Komm, komm, mein Lieber, blick nicht so verzweifelt drein! Vor dem nächsten Wochenende können wir sowieso nicht eingreifen, aber bis dahin will ich wenigstens ein paar kleine Recherchen anstellen.«

Am Morgen erhielten wir eine Nachricht von Miß Smith; sie beschrieb kurz und treffend die Ereignisse, die ich miterlebt hatte, aber der eigentliche Kern ihres Briefes lag im Postscriptum:

»Ich bin sicher, Sie werden mein Vertrauen nicht enttäuschen, Mr. Holmes, wenn ich Ihnen jetzt mitteile, daß ich meine Stelle hier nicht länger behalten kann, da mein Arbeitgeber mir einen Heiratsantrag gemacht hat. Ich bin überzeugt, daß seine Gefühle echt und ehrenhaft sind, doch ich habe ja bereits einem anderen mein Jawort gegeben. Er nahm meine Ablehnung sehr ernst auf, blieb aber trotzdem freundlich. Nun, Sie werden verstehen, daß die Atmosphäre hier im Augenblick etwas gespannt ist.«

»Unsere junge Freundin scheint sich auf gefährlichem Boden zu bewegen«, sagte Holmes gedankenvoll, als er den Brief beiseite legte. »Immerhin bietet der Fall mehr interessante Aspekte und größere Möglichkeiten, als ich ursprünglich angenommen hatte. Vielleicht würde mir ein ruhiger, friedlicher Tag auf dem Lande doch mal ganz guttun, ich hätte nichts dagegen, heute nachmittag hinauszufahren und meine Theorie unter die Lupe zu nehmen.«

Holmes ›ruhiger Tag auf dem Lande‹ schien einen besonders gelungenen Abschluß gefunden zu haben; jedenfalls hatte er, als er spät abends in der Baker Street aufkreuzte, eine geplatzte Lippe, einen verfärbten Verband auf der Stirn und sah auch sonst mehr nach einem Helden aus dem Verbrecheralbum als nach dem berühmtesten aller Detektive aus. Er schüttelte immer noch den Kopf über seine Abenteuer und lachte ab und zu auf, während er sie mir erzählte.

»Ich habe so selten Gelegenheit zu einem aktiven Training«, begann er, »darum ist es wirklich jedesmal eine Freude, in eine heiße Sache hineinzugeraten. Du weißt ja, daß ich mich im guten alten britischen Boxsport einigermaßen behaupte. Naja, dann und wann kann man das brauchen. Heute zum Beispiel wäre ich ohne meine Kenntnisse bestimmt bis neun zu Boden gegangen.«

Ich drängte ihn, ausführlich zu berichten.

»Nun, ich fand die Dorfkneipe, die ich ja bereits deiner Aufmerksamkeit empfohlen hatte. Ich stellte meine diskreten Fragen. Ich ließ mich in der Bar nieder, und der schwatzhafte Wirt stand mir auf alles Rede und Antwort. Ich erfuhr also: Williamson ist ein weißhaariger ältlicher Herr, er lebt mit einem Stab von Dienstboten im Herrenhaus, Charlington Hall. Es geht irgend so ein Gerücht um, er sei früher Priester gewesen — oder sei es noch heute. Ein paar Vorfälle allerdings, die ich von meinem neugewonnenen Freund vernahm, muteten mich alles andere als priesterlich an. Ich habe mich inzwischen bereits eingehend erkundigt: Es hat zwar einen Priester dieses Namens gegeben, seine Laufbahn war jedoch ausgesprochen dunkel! Mein Wirt erzählte mir dann noch, daß es auf dem Herrensitz immer Wochenendgäste gäbe — ›'n ganz hübscher Haufen, Sir, können Se mir glauben‹ — und ein Herr mit rotem Schnurrbart, ein gewisser Mr. Woodley, sei da sozusagen Stammgast. Soweit waren wir gekommen, als wer sich vor uns aufbaute? Mr. Woodley persönlich. Er hatte nämlich die ganze Zeit nebenan in der Schankstube gesessen und jedes Wort unserer Unterhaltung gehört. Wer ich überhaupt sei? Was ich hier zu suchen habe? Was mir einfiele, die Leute auszuhorchen? — Na, und so weiter und so fort. Er war ganz schön in Fahrt und hielt sich in seiner Wortwahl nicht gerade zurück. Schließlich brüllte er noch irgendeine Gemeinheit und holte zu einem hinterhältigen Schlag aus. Ich konnte leider nicht ganz ausweichen. Aber die nächsten Minuten waren köstlich. Ich landete eine gerade Linke. Immerhin, wie du siehst, hab' ich auch allerlei abbekommen. Der Bursche kämpfte nicht gerade sehr fair, bis er in einem Wagen nach Hause gebracht wurde. Tja, das war also meine Landpartie, und leider muß ich gestehen, daß sie — wenn auch recht amüsant — doch nicht ergiebiger als deine gewesen ist.«

Am Donnerstag erhielten wir einen weiteren Brief von unserer Klientin.

»Es wird Sie ja nicht überraschen, Mr. Holmes«, schrieb sie, »daß ich jetzt meine Stellung bei Mr. Carruthers aufgebe. Sogar das hohe Gehalt kann mich nicht umstimmen. Am Sonnabend fahre ich wie immer in die Stadt, und ich habe nicht vor, wieder zurückzukehren. Mr. Carruthers hat inzwischen den Wagen bekommen, und somit ist die Gefahr auf dem einsamen Weg — wenn es eine solche überhaupt je gegeben hat — behoben.

Aber der eigentliche Grund für meine Kündigung ist nicht das schwierige Verhältnis zu Mr. Carruthers, sondern das Wiederauftauchen dieses gräßlichen Menschen Woodley. Er war mir ja noch nie willkommen, aber nun widert er mich förmlich an. Vermutlich hat er einen Unfall gehabt, denn er sieht jetzt noch scheußlicher aus. Ich sah ihn vom Fenster aus, aber ich bin glücklich, berichten zu können, daß ich ihm nicht begegnen mußte.

Er hatte eine lange Unterredung mit Mr. Carruthers, der hinterher einen ziemlich erregten Eindruck machte. Wahrscheinlich wohnt er hier irgendwo in der Nachbarschaft, denn er übernachtete nicht bei uns, und doch sah ich ihn frühmorgens, als er im Gebüsch herumschlich. Ein herumstreunendes wildes Tier wäre mir in meiner Nähe lieber! Wie vermag Mr. Carruthers so einen Menschen auch nur einen Augenblick zu ertragen! Nun, ab Sonnabend wird alles der Vergangenheit angehören.«

»Ich hoffe es, Watson, ich hoffe es von Herzen«, sagte Holmes bedeutungsvoll. »Diese junge Frau ist recht optimistisch. Wir müssen dafür sorgen, daß ihr auch bei ihrer letzten Reise nichts zustößt. Ich glaube, wir sollten uns die Zeit nehmen und Sonnabend früh gemeinsam hinausfahren, damit diese alberne, störende Affäre, die mich von meiner eigentlichen Arbeit abhält, kein böses Ende findet.«

Ich muß zugeben, ich hatte bis zu diesem Augenblick die ganze Geschichte nicht eigentlich ernst genommen. Sie war mir eher wunderlich als gefährlich vorgekommen. Denn daß ein Mann einer hübschen jungen Frau auflauert und ihr folgt, ist ja nun wirklich nichts Ungewöhnliches. Wenn er dann noch nicht einmal den Mut aufbringt, sie anzusprechen, sogar vor ihr flieht, dann ist er doch weiß Gott kein stürmischer Verführer. Da war der rauflustige Woodley ein ganz anderer Typ. Aber nach jenem peinlichen Vorfall hatte er unsere Klientin nie wieder belästigt, nur das Haus aufgesucht, ohne ihr seine Gegenwart aufzudrängen. Der Radfahrer gehörte zweifellos zu den Wochenendgästen von Charlington Hall, von denen der Gastwirt gesprochen hatte. Wer er aber war und was er wollte, blieb nach wie vor rätselhaft. Erst der Ernst in Holmes' Haltung und die Tatsache, daß er seinen Revolver einsteckte, ließ mich plötzlich fürchten, es könnte sich doch eine Schurkerei hinter dieser scheinbar nur merkwürdigen Kette von Ereignissen verbergen.

Der regnerischen Nacht folgte ein strahlender Morgen; die Heidelandschaft mit den flammenden Ginsterbüschen erfrischte unsere ermüdeten Großstädteraugen. Holmes und ich wanderten den breiten sandigen Weg entlang, atmeten in tiefen Zügen die kühle Morgenluft und freuten uns am Gesang der Vögel. Von einer erhöhten Stelle des Weges bei Crooksbury Hill konnten wir das düstere Herrenhaus sehen, wie es zwischen den Eichen hervorlugte. Im Verhältnis zu dem Haus, das sie umwuchsen, wirkten die alten Bäume geradezu jugendlich. Holmes streckte den Arm aus und wies auf die Straße, die sich als rötlichgelbes Band durch die bräunliche Heide und das knospende Grün hinschlängelte. Ganz in der Ferne sahen wir einen schwarzen Punkt auftauchen: ein Fahrzeug, das uns entgegenkam.

»Ich habe eine halbe Stunde als Grenze gesetzt«, sagte Holmes. »Wenn das ihr Wagen ist, bedeutet es, daß sie den ersten Zug nehmen will. Ich fürchte, sie wird Charlington passiert haben, ehe wir sie erreichen.«

Von dem Augenblick an, als wir unseren höher gelegenen Standort verließen, konnten wir den Wagen nicht weiter beobachten. Aber dann eilten wir mit solchem Tempo vorwärts, daß sich mein nicht gerade sportlich trainierter Körper unangenehm bemerkbar machte und ich bald zurückbleiben mußte. Holmes hingegen verfügte über geübte Muskeln und eine Energie, von der er in jeder Lage zehren konnte. Seine federnden Sprünge verlangsamten sich nicht, bis er plötzlich, etwa dreißig Meter vor mir, stehenblieb und verzweifelt die Arme hob.

Im selben Augenblick kam ein leerer zweirädriger Wagen um die Kurve und ratterte auf uns zu; das Pferd galoppierte, die Zügel schleiften.

»Zu spät, Watson, zu spät«, stöhnte Holmes, als ich keuchend an seiner Seite anlangte. »Ich Schwachsinniger, daß ich nicht an den früheren Zug gedacht habe! Weißt du, was das bedeutet, Watson? Entführung! Entführung! Mord — weiß der Himmel, was sonst noch alles! Stell dich in den Weg, halt das Pferd an! So — gut, das wäre geschafft. Los, steig jetzt ein, vielleicht können wir noch etwas retten.« Holmes wendete den Wagen, versetzte dem Pferd einen scharfen Schlag, und schon flogen wir den Weg zurück. Als wir um die Kurve bogen, lag die Strecke offen vor uns.

95

»Das ist der Mann«, stieß ich keuchend hervor.

Ein einsamer Radfahrer kam uns entgegen, sein Kopf war gesenkt und sein Rücken rund, man hatte den Eindruck, er legte die letzten Kräfte, die er noch besaß, in die Pedale. Wie ein Rennfahrer raste er daher. Plötzlich hob er sein bärtiges Gesicht, bemerkte uns und sprang vom Rad. Sein kohlschwarzer Bart bildete einen seltsamen Kontrast zu der Blässe seiner Haut. Die Augen waren so groß, als hätte er Fieber. Wie gelähmt starrte er uns und den Wagen an, dann malte sich Verwunderung auf seinen Zügen.

»Halt!« schrie er, »halten Sie sofort an!« und versperrte uns mit seinem Rad den Weg. »Wo haben Sie den Wagen her? Los, halten Sie an, Herr!« brüllte er und zog eine Pistole aus der Tasche. »Halten Sie, oder ich werde bei Gott dem Pferd eine Kugel in den Kopf jagen!«

Holmes warf mir die Zügel in den Schoß und sprang ab.

»Sie sind genau der Mann, den wir sehen wollen. Wo ist Miß Violet Smith?« fragte er in seiner entschiedenen Art.

»Dasselbe frage ich Sie! Sie haben ihren Wagen, da sollten Sie wohl auch wissen, wo sie ist!«

»Dieser Wagen kam uns auf der Straße entgegen: leer. Wir fuhren zurück, um der jungen Dame beizustehen.«

»Mein Gott, mein Gott! Was soll ich denn nur tun!« schrie der Fremde in höchster Verzweiflung. »Sie haben sie also! Dieser Schurke Woodley und der falsche Pfaffe! Schnell, kommen Sie, wenn Sie ihr wirklich helfen wollen! Stehen Sie mir bei, dann werden wir sie retten, und wenn ich als Leiche in Charlington Wood zurückbleibe.«

Er lief wie ein Wahnsinniger, die Pistole in der Hand, auf eine Lücke in der Hecke zu. Holmes folgte ihm; ich ließ das Pferd am Wegrand stehen und stürzte ihnen nach.

»Hier entlang sind sie gekommen«, keuchte er und zeigte auf die Spuren vieler Füße auf dem schlammigen Pfad.

»He! Warten Sie einen Moment. Was ist das im Gebüsch?« Es war ein junger Bursche von etwa siebzehn Jahren, wie ein Stallknecht gekleidet: Lederhosen und Gamaschen. Er lag mit angezogenen Knien auf dem Rücken, quer über sein Gesicht lief

96

eine scheußliche Wunde. Er war zwar bewußtlos, lebte aber. Ein kurzer Blick sagte mir, daß kein Knochen verletzt war.

»Das ist Peter, der Stallbursche«, rief der Fremde. »Er hat sie gefahren! Die Schurken haben ihn also herausgezerrt und zusammengeschlagen. Lassen Sie ihn liegen, im Augenblick können wir ihm ohnehin nicht helfen, aber vielleicht das Mädchen vor dem Schlimmsten bewahren.«

Wir liefen also so schnell wir konnten auf dem Pfad weiter, der sich zwischen den Bäumen hinschlängelte. Als wir das Gesträuch erreicht hatten, das das Haus umgab, blieb Holmes stehen.

»Sie sind nicht im Haus. Hier, sehen Sie die Fußspuren links neben den Lorbeersträuchern. Da — ich sagte es ja!«

Noch während er sprach, gellte der schrille Schrei einer Frau zu uns herüber — ein Schrei voll rasender Angst. Er kam aus der Richtung der dichten grünen Büsche vor uns. Auf seiner höchsten Höhe brach er dann plötzlich mit einem gurgelnden Ton ab.

»Weiter!« schrie der Fremde, »sie sind auf der Kegelbahn!« und brach durch die Sträucher. »Diese feigen Hunde! Folgen Sie mir, meine Herren, folgen Sie mir! Ach — zu spät, zu spät . . .«

Wir fanden uns plötzlich auf einer grünen, von alten Bäumen umgebenen Lichtung. Auf der anderen Seite, im Schatten einer mächtigen Eiche, sahen wir drei Personen: eine schwankende, halb ohnmächtige Frau, die mit einem Taschentuch geknebelt worden war; ihr gegenüber stand ein aufgeschwemmter jüngerer Mann mit rotem Schnurrbart, die in Gamaschen steckenden Beine weit gespreizt, eine Faust in die Seite gestemmt, in der anderen eine Peitsche. Aus seiner ganzen Haltung sprach Drohung und Triumph. Zwischen den beiden sahen wir einen ältlichen, graubärtigen Mann, er trug ein Chorhemd über dem leichten Tweedanzug und hatte offensichtlich gerade eine Trauungszeremonie beendet; er war dabei, sein Gebetbuch in die Tasche zu stecken, als wir auf dem Plan erschienen, und schlug dem unheimlichen Bräutigam jovial auf die Schulter.

»Sie sind also schon getraut«, keuchte ich.

»Kommen Sie!« schrie unser unbekannter Gefährte. »Los,

97

kommen Sie!« und stürzte über die Lichtung. Als wir die Gruppe
fast erreicht hatten, sank die junge Dame gegen den Baum-
stamm, anscheinend, um eine Stütze zu finden. Williamson, der
ehemalige Priester, verbeugte sich vor uns in höhnischer Höf-
lichkeit, und der Schuft Woodley brach in ein zynisches Gelächter aus.

»Den Bart kannst du ruhig abnehmen, Bob«, grunzte er.
»Mich wirst du damit nicht hinters Licht führen. Na, Ihr seid
ja pünktlich erschienen, um zu meiner Hochzeit zu gratulieren.
Darf ich vorstellen: Mrs. Woodley.« Diese Worte erzielten eine
unerwartete Wirkung: Unser Radfahrer riß sich den dunklen
Bart ab — und darunter kam ein langes, bleiches und glatt-
rasiertes Gesicht zum Vorschein. Darauf hob er seinen Revolver
und richtete ihn auf Woodley, der auf ihn zusprang.

»Jawohl«, sagte er, »ich bin Bob Carruthers, und ich werde
dafür sorgen, daß diese Frau rehabilitiert wird. Ich habe dir
klar genug gesagt, was geschieht, wenn du sie belästigst — und
so wahr mir Gott helfe: mein Wort halte ich!«

»Du bist zu spät gekommen, sie ist meine Frau!«

»Du irrst dich: Sie ist deine Witwe.«

Sein Revolver krachte, und ich sah den Blutfleck, der sich auf
Woodleys Weste ausbreitete. Brüllend drehte er sich um die
eigene Achse und fiel auf den Rücken, während sein rotes Gesicht sich plötzlich mit einer unheimlich fleckigen Blässe über-
zog. Der alte Mann im Chorhemd gab einen solchen Schwall
gemeinster Flüche von sich, wie ich sie noch nie gehört hatte.
Auch er zog einen Revolver, aber bevor er ihn heben konnte, sah
er Holmes' Lauf vor sich.

»Das reicht«, sagte Holmes kalt. »Werfen Sie die Pistole weg!
Watson, heb die Waffe auf und richte sie auf seinen Kopf.
Danke. Und Sie, Carruthers, geben Sie mir Ihren Revolver.
Hier wird keine Gewalt mehr gebraucht. Los, geben Sie schon
her!«

»Wer sind Sie denn überhaupt?«

»Sherlock Holmes.«

»Guter Gott!«

»Nun, Sie haben anscheinend von mir gehört. Bis die Polizei eintrifft, werde ich ihre Funktion übernehmen. Hallo, du da!« rief er dem verängstigten Stalljungen zu, der taumelnd am Rand der Lichtung aufgetaucht war. »Los, beeil dich! Komm, bring diese Nachricht so schnell du kannst nach Farnham.« Er kritzelte ein paar Worte auf eine Seite seines Notizblocks. »Übergib das dem Superintendenten der Polizei. — Bis er hier eintrifft, stehen Sie alle zu meiner Verfügung.« Holmes' starke, gebieterische Persönlichkeit bewirkte, daß alle wie Marionetten seinen Anweisungen folgten. Williamson und Carruthers trugen den verwundeten Woodley ins Haus, ich reichte dem verstörten Mädchen meinen Arm. Der Verletzte wurde auf sein Bett gelegt, und auf Holmes' Geheiß untersuchte ich ihn. In dem alten, mit Wandteppichen behängten Raum hörte er sich dann meinen Bericht an.

»Er wird am Leben bleiben«, erklärte ich.

»Was sagen Sie da!« schrie Carruthers und sprang auf. »Dann gehe ich hinauf und mach ihm ein Ende. Oder wollen Sie vielleicht, daß dieses Mädchen, dieser Engel, sein Leben lang an den Schuft Jack Woodley gefesselt bleibt?«

»Darüber sollten Sie sich nicht aufregen«, sagte Holmes. »Es gibt zwei sehr gute Gründe, warum sie unter gar keinen Umständen seine Frau sein kann. Zunächst einmal haben wir genau untersucht, wieweit Mr. Williamson überhaupt ein Recht hat, eine Trauung vorzunehmen.«

»Ich wurde zum Priester geweiht!« schrie der alte Betrüger.

»Ja, und ebenso später dieses Amtes enthoben.«

»Einmal Geistlicher — immer Geistlicher, Mister!«

»Ich erlaube mir, das in Zweifel zu ziehen. Und wie steht es mit der Heiratslizenz?«

»Die hatten wir, jawohl, die hatten wir! Hier in der Tasche, da ist sie!«

»Dann haben Sie sie erschwindelt. Wie auch immer: Eine erzwungene Heirat ist ungültig, dafür aber ein sehr schweres Verbrechen, wie Sie sehr bald feststellen werden. Sie dürften Gelegenheit finden, in den nächsten zehn Jahren darüber nachzudenken; ich müßte mich sonst grundlegend irren. Und zu Ihnen,

Carruthers: Sie hätten besser daran getan, die Pistole in der Tasche zu lassen.«

»Allmählich scheint mir das auch so, Mr. Holmes. Aber als ich daran dachte, was für Vorkehrungen zu ihrem Schutz ich alle getroffen hatte — denn ich liebe sie, Mr. Holmes, zum erstenmal in meinem Leben weiß ich, was Liebe ist —, da machte mich schon die Vorstellung wahnsinnig, daß sie nun in den Händen des gemeinsten Viehs, des schlimmsten Schlägers von Südafrika ist, eines Kerls, dessen Name allein als Schreckgespenst zwischen Kimberley bis Johannesburg hin und her geistert. Sie werden es mir wohl kaum glauben, Mr. Holmes, aber seit das Mädchen bei mir ist, hab' ich sie kein einziges Mal an diesem Haus, in dem die Schurken sich versteckt hielten, vorbeifahren lassen, ohne ihr auf meinem Rad zu folgen und dafür zu sorgen, daß ihr nichts zustößt. Ich hielt mich immer in gewisser Entfernung und trug zudem einen falschen Bart, damit sie mich nicht erkennen könnte.«

»Warum haben Sie sie denn nicht vor der Gefahr gewarnt?«

»Nun, sie hätte mich verlassen, und diesen Gedanken konnte ich nicht ertragen. Auch wenn sie mich nicht liebte — es war so viel für mich, ihre anmutige Gestalt im Haus zu sehen und den Klang ihrer Stimme zu hören.«

»Tja, Mr. Carruthers«, sagte ich, »Sie nennen das Liebe — ich würde von Egoismus sprechen.«

»Ich weiß nicht, mag sein, das gehört zusammen. Jedenfalls: Ich konnte sie nicht gehen lassen. Außerdem war's ja auch ganz gut unter diesen Umständen, daß jemand da war, der auf sie achtete. Aber als dann das Telegramm kam, wußte ich, jetzt würden die Burschen alles auf eine Karte setzen.«

»Welches Telegramm?«

Carruthers zog ein Blatt aus seiner Tasche. »Hier ist es«, sagte er. Der Text war kurz und bündig: *Der Alte ist tot.«*

»Hm, ich glaube, ich verstehe die Zusammenhänge«, sagte Holmes. »Diese Nachricht mußte die beiden zum Handeln treiben. Vielleicht können Sie uns aber noch, während wir auf den Gesetzeshüter warten, erzählen, was Sie wissen?«

100

Der alte Gauner im Chorhemd brach wieder in sein abscheuliches Schimpfen aus.

»Bei Gott«, zischte er, »wenn du dein dreckiges Maul nicht hältst, Bob Carruthers, dann besorg' ich dir, was du Jack Woodley besorgt hast. Über das Mädel kannst du meinetwegen nach Herzenslust jammern, das ist deine Sache. Aber das sag' ich dir: Wenn du deine Kumpels an diesen Privatpolypen verrätst, kriegst du die Rechnung serviert, und die hat sich gewaschen.«

»Hochwürden sollten sich wirklich nicht so aufregen«, sagte Holmes, während er sich seine Pfeife anzündete. »Die Dinge sprechen deutlich genug für sich selbst — und gegen Sie. Ich möchte lediglich ein paar Kleinigkeiten wissen, sozusagen aus persönlichem Interesse. Sollte Ihnen das Reden aus irgendeinem Grund schwerfallen, so will ich es Ihnen gern abnehmen. Sie werden merken, wie weit Ihnen überhaupt noch etwas zu verheimlichen bleibt. Da wäre zunächst der Anfang: Drei Männer kamen zur Durchführung des Planes aus Südafrika — Williamson, Carruthers und Woodley.«

»Das ist schon die erste verdammte Lüge!« brüllte Williamson. „Bis vor zwei Monaten, da hab' ich noch keinen von denen gesehen, und in Afrika bin ich mein Lebtag nicht gewesen. Das können Sie sich in die Pfeife stopfen und daran ersticken, Mr. Armleuchter Holmes!«

»Es ist wahr, was er sagt«, mischte sich Carruthers ein.

»Auch gut: Es wurden also nur zwei Männer importiert, Hochwürden ist von Kopf bis Fuß made in England. Zwei Männer haben Ralph Smith in Südafrika gekannt, sie hatten Grund zu glauben, daß er nicht mehr lange leben würde. Und sie fanden heraus, daß seine Nichte ihn beerben sollte. Nun — wie klingt das?«

Carruthers nickte, und Williamson fluchte.

»Sie war seine nächste Verwandte, und sie waren sicher, daß der alte Knabe kein Testament aufsetzen würde.«

»Zu der Zeit konnte er ja weder lesen noch schreiben«, sagte Carruthers.

»Sie beide, Carruthers und Woodley, kamen also herüber

und spürten sie auf. Der Plan war, daß einer von Ihnen sie heiraten und der andere seinen Anteil am Gewinn bekommen sollte. Woodley wurde zum Ehemann gewählt. Wieso eigentlich?«

»Wir pokerten um sie; er gewann.«

»Aha, ich verstehe. Dann stellten Sie die junge Dame bei sich ein, und Woodley sollte ihr den Hof machen. Sie merkte jedoch sehr schnell, was für ein versoffener Schuft er war, und wollte nichts mit ihm zu tun haben. Inzwischen war Ihre Abmachung ohnehin gefährdet, da Sie sich selbst in die junge Dame verliebt hatten. Sie konnten den Gedanken nicht ertragen, daß sie diesen Raufbold heiraten sollte.«

»Bei Gott, so war es.«

»Dann kam es zu einem Streit zwischen Ihnen, und Woodley verließ Sie, um sein Ziel allein zu verfolgen.«

»Ich merke, Williamson, viel Neues können wir dem Herrn nicht bieten«, lachte Carruthers bitter auf. »Ja, wir stritten, und er schlug mich zusammen. Immerhin, jetzt sind wir quitt. Danach verlor ich ihn aus den Augen. Das war, als er sich mit diesem Expriester verbündete. Dann entdeckte ich, daß die beiden sich ausgerechnet hier in dem Haus einquartiert hatten, an dem das Mädchen auf der Fahrt zum Bahnhof vorbeifahren muß. Von da an paßte ich auf. Manchmal traf ich die beiden, ich wollte herauskriegen, was sie im Schilde führten. Vor zwei Tagen nun kam Woodley mit diesem Telegramm zu mir: Ralph Smith war tot! Er fragte, ob ich mich an die alten Abmachungen halten wolle, ich sagte nein. Dann fragte er, ob ich das Mädchen heiraten und ihm seinen Anteil auszahlen wolle. Ich erklärte ihm, ich würde das herzlich gern tun, aber sie habe mich abgewiesen. ›Laß uns sie erst mal unter die Haube bringen‹, sagte er darauf, ›in ein, zwei Wochen wird sie die Dinge schon anders sehen.‹ Ich machte ihm klar, daß ich nichts mit Gewalt zu tun haben wollte. Da ging er fluchend weg und schwor, er würde sie doch noch kriegen.

An diesem Wochenende sollte sie nun fortziehen. Ich hatte zwar einen Wagen zum Bahnhof für sie bekommen, aber sie wollte von meiner Begleitung nichts wissen. So folgte ich ihr, ein letztes Mal, mit dem Rad. Aber sie gewann einen Vorsprung, und ehe ich sie erreichen konnte, war es schon geschehen. Das merkte ich in dem Augenblick, als ich Sie, meine Herren, in dem Wagen zurückkommen sah.«

Holmes stand auf und klopfte seine Pfeife im Kamin aus.

»Ich war sehr dumm, Watson«, sagte er. »Schon aus der Bemerkung in deinem Bericht, der einsame Radfahrer habe bei der Hecke seine Krawatte gerichtet, hätte ich mir den Tatbestand zusammenreimen müssen. Trotzdem können wir uns zu einem merkwürdigen und in gewisser Weise einmaligen Fall beglückwünschen. Ah — da sehe ich gerade drei Landpolizisten in einem Wagen kommen, es freut mich, daß unser armer Stallbursche wieder in der Lage ist, mit ihnen Schritt zu halten. Anscheinend werden weder er noch unser bemerkenswerter Hochzeiter nachhaltige Folgen von dem morgendlichen Abenteuer davontragen. Aber jetzt solltest du vielleicht in deiner Eigenschaft als Arzt nach Miß Smith sehen und ihr sagen, es wäre uns eine Freude, sie — wenn sie sich soweit erholt hat — zu ihrer Mutter zu bringen. Sollte sie noch nicht wiederhergestellt sein, so empfehle ich dir, ihr mitzuteilen, wir hätten gerade einem jungen Elektroingenieur telegraphiert — das wird deine Behandlung wahrscheinlich zu vollem Erfolg führen.

Ihnen aber, Mr. Carruthers, möchte ich sagen: Sie haben wirklich alles Menschenmögliche getan, um Ihre Schuld an diesem erbärmlichen Komplott wieder wettzumachen. Hier haben Sie meine Karte, Sir. Sollte ich Ihnen bei der Gerichtsverhandlung helfen können, ich stehe gern als Zeuge der Verteidigung zu Ihrer Verfügung.«

Im unablässigen Trubel unseres täglichen Lebens kam ich oft nicht mehr dazu, meine Aufzeichnungen abzuschließen und jene letzten Angaben zu machen, die der interessierte Leser vielleicht erwartet. Ein Klient gab bei uns ja dem anderen die Türklinke in die Hand, und war ein Fall erst einmal abgeschlossen, verschwanden auch die Akteure auf Nimmerwiedersehen. Glücklicherweise finde ich hier aber noch eine kurze Notiz, die der Erzählung, ein abschließendes Postscriptum hinzufügt: Miß Violet Smith erbte wirklich ein Vermögen und heiratete. Sie heißt jetzt Mrs. Cyril Morton und ist die Frau des Seniorpartners von Morton & Kennedy, einer inzwischen wohlrenommierten Firma in Westminster.

Williamson und Woodley wurden beide wegen Entführung in Tateinheit mit Körperverletzung verurteilt; der erste zu sieben, der zweite zu zehn Jahren Gefängnis. Vom weiteren Schicksal Carruthers weiß ich nichts. Er hat damals keine hohe Strafe erhalten, da man Woodley allgemein als üblen Raufbold kannte und Notwehr nicht ausgeschlossen war. Ich könnte noch genauer erklären, warum er nur zu ein paar Monaten Haft — mit Bewährung — verurteilt wurde; doch bat Sherlock Holmes mich, darüber zu schweigen.

Die tanzenden Männchen

Den langen, schmalen Rücken über ein Reagenzglas gebeugt, in dem er irgendein besonders übelriechendes Zeug zusammenbraute, hatte Sherlock Holmes schon seit Stunden kein Wort gesprochen. Wie er so dort hockte, den Kopf auf die Brust gesenkt, erinnerte er mich an einen grauen Vogel, an ein fremdartiges Wesen in undefinierbar mattem Federkleid und schwarzem Häubchen.

»Nun, Watson«, sagte er plötzlich, »du meinst also, man sollte nichts in südafrikanische Papiere stecken?«

Ich stieß einen Laut der Überraschung aus. Denn obwohl ich Holmes geradezu sagenhafte Fähigkeiten zur Genüge kannte, verblüffte es mich doch immer von neuem, wie er geheime Gedankengänge erriet.

»Woher in aller Welt weißt du das?«

Das dampfende Reagenzglas in der Hand, schwang er sich auf seinem Stuhl herum; in seinen tiefliegenden Augen glitzerte es amüsiert.

»Du gibst es also zu, Watson, ich habe dich durchschaut?«

»Allerdings.«

»Eigentlich wollte ich dir diese Bestätigung schriftlich geben lassen.«

»Wozu denn das?«

»Weil du in fünf Minuten erklären wirst, alles sei ja so furchtbar einfach, überhaupt kein Problem.«

»Ich werde bestimmt nichts dergleichen behaupten.«

»Nun, mein Lieber«, er steckte das Glas in den Ständer und begann wie ein Lehrer vor versammelter Klasse zu dozieren, »es ist keine besondere Kunst, eine Reihe von Überlegungen zusammenzufügen, die sich jeweils eine aus der anderen ergeben, und deren jede, für sich gesehen, recht einfach ist. Man

braucht nur, wie ich dir schon oft gezeigt habe, alle nebensäch-
lichen Einzelheiten wegzulassen und seinen Zuhörern den Ausgangspunkt, verknüpft mit der letzten Schlußfolgerung, zu prä-
sentieren, und man erntet einen — zugegebenermaßen — etwas
billigen, aber doch aufsehenerregenden Erfolg. Nun, bei eini-
gem Nachdenken war es nicht allzu schwer, aus der Bewegung
deines linken Zeigefingers und Daumens zu schließen, daß du
dich entschieden hast, dein bißchen Geld nicht in diesen Gold-
minen anzulegen.«

»Ich sehe noch immer nicht, was das damit zu tun hat.«

»Ja, das glaube ich gern. Hier hast du die Glieder der einfachen Gedankenkette. Ad 1: Als du gestern vom Club zurück-
kamst, hattest du Kreidespuren zwischen dem linken Zeigefin-
ger und Daumen. Ad 2: Du benutzt Kreide beim Billard, um
dein Queue einzureiben. Ad 3: Du spielst einzig und allein mit
Thurston. Ad 4: Du erzähltest mir vor etwa vier Wochen, Thurston sei ein südafrikanischer Besitz zum Kauf angeboten worden, seine Option würde in einem Monat ablaufen und er habe
dir eine Teilhaberschaft vorgeschlagen. Ad 5: Dein Scheckheft
ist in meinem Schreibtisch eingeschlossen, und du hast mich
nicht um den Schlüssel gebeten. Ad 6: Du beabsichtigst nicht,
dein Geld in dieses Projekt zu stecken.«

»Tatsächlich, ein Kinderspiel!« rief ich.

»Sagen wir: für Fortgeschrittene«, meinte Holmes, beinahe
etwas ärgerlich. »Jedes Problem erscheint einem simpel, ist es
erst einmal gelöst. So, und nun sieh dir mal an, was dir dies
hier sagt.« Er warf ein Blatt Papier auf den Tisch und wandte
sich wieder seinen Chemikalien zu.

Mit einiger Verwunderung betrachtete ich die seltsamen Hieroglyphen.

»Lieber Gott, Holmes, das sind doch nur kindliche Malver-
suche«, sagte ich.

»Ach, meinst du?«

»Was kann es denn sonst schon sein?«

»Eben das möchte Mr. Hilton Cubitt aus Ridling Thorpe
Manor, Norfolk, brennend gern wissen. Dieses niedliche Bilder-

106

rätsel kam mit der Morgenpost, er selbst wollte mit dem nächsten Zug folgen. Tat er dies, hat der Zug bereits Verspätung.«

Auf der Treppe hörten wir schwere Schritte, und einen Augenblick später betrat ein großer, glattrasierter Mann unser Zimmer. Die blitzenden Augen und die blühend rosige Gesichtsfarbe ließen keinen Zweifel daran, daß er seine Tage nicht gerade in dem Nebel der Baker Street verbrachte. Es war, als brächte er etwas von der strengen, erfrischenden Luft der Ostküste mit herein. Er schüttelte uns beiden die Hand und wollte sich gerade setzen, als sein Blick auf das Blatt mit den komischen Zeichen fiel, das ich zuvor betrachtet und auf dem Tisch liegengelassen hatte.

»Nun, Mr. Holmes, was sagen Sie dazu?« rief er. »Ich habe gehört, daß Sie verzwickte Probleme lieben, und ich kann mir kaum ein verzwickteres vorstellen.«

»In der Tat, ein merkwürdiges Produkt«, sagte Holmes. »Auf den ersten Blick möchte man meinen, ein Kind habe es gezeichnet — viele kleine Strichmännchen, die über das Papier tanzen. Warum messen Sie der Sache überhaupt eine Bedeutung bei?«

»Ich wäre ja nie darauf gekommen, Mr. Holmes, aber meine Frau sieht was darin. Sie ist furchtbar erschrocken. Obwohl sie kein Wort sagt, sehe ich doch die Angst in ihren Augen. Deshalb will ich den Dingen auf den Grund gehen.«

Holmes hielt das Blatt hoch, so daß die Sonne darauf fiel: eine Seite aus einem Notizblock, bedeckt mit bleistiftgezeich-

neten Figuren. Er betrachtete sie eine ganze Weile, faltete das Papier dann zusammen und steckte es in seine Brieftasche. »Sie erwähnten bereits einiges in Ihrem Brief, Mr. Cubitt«, sagte er schließlich. »Ich wäre Ihnen trotzdem dankbar, wenn Sie jetzt alles im Zusammenhang erzählen wollten, damit mein Freund, Dr. Watson, sich ein Bild von dem Ganzen machen kann.«

»Leider bin ich nicht gerade das, was man einen guten Erzähler nennt«, sagte unser Gast, während er seine großen Hände nervös zu Fäusten schloß und wieder öffnete. »Sie müssen mich gleich unterbrechen, wenn irgend etwas unklar bleibt. Vielleicht sollte ich mit meiner Heirat im vorigen Jahr beginnen. Aber zuvor möchte ich noch sagen, daß — obwohl ich nicht reich bin — meine Familie zu den angesehensten in Norfolk zählt. Wir leben seit 500 Jahren auf Ridling Thorpe. Also, ich kam voriges Jahr zum Regierungsjubiläum nach London und nahm in einem Boarding-House am Russel Square ein möbliertes Zimmer. Der Vikar unseres Kirchspiels, Parker, war nämlich auch dort abgestiegen. In diesem Haus wohnte eine junge amerikanische Dame. Sie hieß Patrick — Elsie Patrick. Wir lernten uns kennen, und ehe ein Monat um war, hatte ich mich so verliebt, daß ich wußte, es war mir ernst. Wir warteten nicht lang, sondern gingen zum Standesamt und kehrten als jungvermähltes Paar nach Norfolk zurück.

Sie werden es sonderbar finden, Mr. Holmes, daß ein Mann aus einer guten Familie mir nichts, dir nichts ein Mädchen heiratet, von dessen Vergangenheit und Familie er nicht das geringste weiß. Aber Sie haben Elsie nicht gesehen, Sie kennen sie nicht — sonst würden Sie mich verstehen. Doch, sie hat sich wirklich sehr fair gezeigt, das muß man sagen. Hat mir jede Möglichkeit gelassen, mich aus der Affäre zurückzuziehen, wenn ich es gewollt hätte. ›Ich habe leider einige sehr unerfreuliche Bekanntschaften in meinem Leben gehabt‹, erklärte sie mir. ›Am liebsten möchte ich alles, was war, vergessen. Vor allem aber bitte ich dich, mich niemals darauf anzusprechen, ich kann es nicht ertragen. Wenn du mich wirklich willst, Hilton, dann wirst du eine Frau bekommen, die sich über nichts in ihrem persönlichen Leben zu schämen braucht. Aber du mußt dich damit zufriedengeben, du mußt mir glauben und mich niemals nach meiner Vergangenheit fragen. Seit du da bist, ist sie ausgelöscht. Jetzt weißt du meine einzige Bedingung: Wenn sie dir zu hart erscheint, fahr' ruhig allein nach Norfolk zurück.‹ So redete sie, noch einen Tag vor unserer Hochzeit. Und ich sagte ihr, ich wolle sie unter allen Bedingungen. Ich habe mein Wort gehalten.

Ja, genau vor einem Jahr haben wir geheiratet, und wir waren sehr glücklich. Aber vor ungefähr einem Monat, so gegen Ende Juni, begannen die Schwierigkeiten. Meine Frau erhielt einen Brief aus Amerika — ich sah es am Poststempel. Sie wurde ganz blaß und warf ihn in den Kamin. Nie erwähnte sie ihn wieder, und ich fragte natürlich auch nicht; versprochen ist versprochen. Doch von da an hatte sie keine ruhige Stunde mehr. Ständig ist ein Ausdruck in ihrem Gesicht, als lebe sie in Angst vor etwas Schrecklichem. Hätte sie sich mir doch anvertraut! Von mir aus konnte ich natürlich nicht davon anfangen ... Vergessen Sie nicht: Elsie ist eine von Grund auf ehrliche, saubere Frau, und was für dunkle Punkte in ihrer Vergangenheit auch sein mögen, sie selbst hat bestimmt keine Schuld. Wenn ich auch nur ein einfacher Norfolker Junker bin, so gibt es doch keinen Mann in ganz England, der die Ehre seines Namens höher hält. Sie weiß das sehr gut, die Elsie, und sie war sich auch darüber klar, bevor wir heirateten. Niemals — da bin ich ganz sicher — würde sie einen Flecken auf unserem Namen dulden.

Und nun komme ich zu der sonderbaren Stelle in meiner Geschichte: Vor mehr als einer Woche, es war vorigen Dienstag, fand ich auf der Fensterbank eine Reihe merkwürdiger kleiner Figuren, wie die hier auf dem Papier. Mit Kreide gezeichnet. Zuerst dachte ich: ein Streich des Stallburschen. Aber der Junge beteuerte hoch und heilig, nichts davon zu wissen. Jedenfalls muß jemand sie während der Nacht angebracht haben. Ich wischte das Gekritzel weg und erwähnte den Vorfall erst hinterher meiner Frau gegenüber. Zu meiner Überraschung nahm sie das Ganze sehr ernst und bat mich — sollte jemals wieder eine solche Zeichnung erscheinen —, sie ihr zu zeigen. Eine Woche lang geschah nichts, bis ich gestern früh dieses Blatt bei der Sonnenuhr im Garten fand. Ich zeigte es Elsie, und da fiel sie doch tatsächlich in Ohnmacht. Seitdem bewegt sie sich wie eine Traumwandlerin, sie wirkt benommen, und aus ihren Augen bricht nacktes Entsetzen. Ja, und da habe ich Ihnen geschrieben, Mr. Holmes, und hab' Ihnen diesen Fetzen hier geschickt. Zur Polizei konnte ich nicht gehen, die hätten mich ausgelacht, aber Sie werden mir — so hoffe ich wenigstens — sagen, was ich tun soll! Ich bin zwar, wie ich schon sagte, kein reicher Mann, aber wenn meiner Elsie eine Gefahr droht, will ich meinen letzten Penny hergeben, um sie zu schützen.«

Er war ein netter Kerl, dieser Junker vom alten Land: Einfach, geradeheraus und freundlich, mit seinen großen ernsthaften blauen Augen und dem breiten, ansprechenden Gesicht. Daß er seine Frau liebte und ihr vertraute, sah man ihm an.

Holmes hatte ihm aufmerksam zugehört, nun saß er für eine Weile nachdenklich da.

»Glauben Sie nicht, Mr. Cubitt, es wäre doch das beste, Sie fragten Ihre Frau, was eigentlich los ist?«

Hilton Cubitt schüttelte seinen mächtigen Kopf.

»Ich sagte es schon, Mr. Holmes: versprochen ist versprochen. Wenn Elsie wollte, würde sie es mir von alleine sagen. Ich kann ihr Vertrauen nicht erzwingen. Anderseits ist es mein gutes Recht, meinen eigenen Weg zu gehen, um dahinterzukommen, und das will ich tun.«

»Nun, ich helfe Ihnen nach besten Kräften. Aber zunächst einmal: Sind irgendwelche Fremden in Ihrer Nachbarschaft gesehen worden?«

»Nein, Sir.«

»Ich stelle mir vor, es ist ziemlich ruhig in Ihrer Gegend. Ein fremdes Gesicht würde doch Grund zum Gerede geben?«

»In der unmittelbaren Nachbarschaft: ja. Aber wir haben ein paar einfache Badeorte in der Nähe, wo Zimmer vermietet werden.«

»Diese Hieroglyphen haben zweifellos eine ganz bestimmte Bedeutung. Allerdings wird es uns kaum gelingen, hinter ihren Sinn zu kommen, wenn nicht ein System in dem Ganzen steckt. Das eine Blatt, das Sie mir gaben, sagt leider zuwenig, und die Tatsachen, die uns bekannt sind, reichen für eine Untersuchung nicht aus. Ich schlage deshalb vor, Sie fahren zurück nach Norfolk und halten die Augen weiter offen. Ich möchte von allen ›Tanzenden Männchen‹ — sollten sie noch weiter auftauchen — genaue Kopien haben. Ein Jammer, daß ich nicht weiß, wie die Zeichnung auf der Fensterbank aussah! Versuchen Sie, Ihre Leute unauffällig auszuhorchen, und stellen Sie bitte auch fest, wie es zur Zeit mit Fremden in Ihrer Gegend ausschaut. Sobald Sie irgend etwas Neues erfahren, kommen Sie zu mir. Ja, das ist vorläufig der einzige Rat, den ich Ihnen geben kann, Mr. Cubitt. Sollte aber etwas Wesentliches, Unvorhergesehenes eintreten, suche ich Sie natürlich sofort auf.«

Das Gespräch hatte Holmes sehr nachdenklich gestimmt. In den nächsten Tagen konnte ich verschiedentlich beobachten, wie er seine Brieftasche hervorholte und das Blatt mit den ›Tanzenden Männchen‹ eingehend studierte. Trotzdem erwähnte er die Geschichte lange mit keinem Wort. Zwei Wochen nach dem Besuch unseres Klienten — ich wollte gerade ausgehen — rief er mich zurück.

»Es wäre gut, du bliebest hier, Watson«, sagte er.

»Was gibt's denn?«

»Ich habe heute früh einen Brief von Hilton Cubitt bekommen — du erinnerst dich doch an ihn? Der Mann mit den ›Tanzenden Männchen‹? Er wird gleich hier sein. Offenbar hat es ein paar neue Zwischenfälle gegeben.«

Unser Norfolk-Junker erschien so schnell, wie ihn eine Droschke nur hatte von Liverpool-Street-Station herbringen können. Seine Augen waren rot entzündet und seine Stirn zerfurcht.

»Das geht mir vielleicht an die Nerven, diese Geschichte, Mr. Holmes«, sagte er, während er erschöpft in einen Sessel sank. »Schlimm genug, wenn man spürt, wie irgendwelches unsichtbares, unbekanntes Gesindel einen umschleicht, dann aber auch noch zu sehen, daß die eigene Frau dabei langsam zugrunde geht — das ist mehr, als ein normaler Mensch von Fleisch und Blut ertragen kann. Und ich sage Ihnen: Sie geht zugrunde — unter meinen eigenen Augen.«

»Hat sie inzwischen etwas gesagt?«

»Nein, Mr. Holmes, kein Wort. Es hat Augenblicke gegeben, da war das arme Ding nahe dran — aber sie konnte es dann doch nicht über sich bringen. Ich hab' versucht, ihr zu helfen, hab' mich aber wohl so ungeschickt benommen, daß sie wieder zurückschreckte. Sie fing einmal an, von meiner Familie zu reden, von unserem Ansehen in der ganzen Gegend und wie stolz wir doch auf unsere unangetastete Ehre seien — die ganze Zeit fühlte ich, sie will auf etwas Bestimmtes hinaus, und dann war's wieder weg.«

»Haben Sie denn etwas auf eigene Faust herausbekommen?«

»Eine ganze Menge, Mr. Holmes. Zunächst einmal habe ich noch ein paar Zeichnungen von den ›Tanzenden Männchen‹, vor allem aber: Ich habe den Kerl gesehen!«

»Was, den Mann, der die Männchen zeichnet?«

»Jawohl, ich sah ihn bei der Arbeit. Aber lassen Sie mich der Reihe nach berichten. Also, das erste, was ich am Morgen nach dem Besuch bei Ihnen entdeckte, war eine neue Kleckserei. Wieder waren die Dinger mit Kreide gezeichnet, diesmal auf die schwarze Tür des Geräteschuppens:

»Ausgezeichnet«, sagte Holmes, »wirklich ausgezeichnet. Bitte fahren Sie fort.«

»Ich wischte die Zeichen weg, aber am übernächsten Morgen war dies da«:

Holmes rieb sich die Hände.

»Unser Material nimmt ganz schön zu; wir machen Fortschritte, Mr. Cubitt, wir machen beträchtliche Fortschritte.«

»Drei Tage später gab's wieder 'was Neues, ich fand das Blatt, mit einem Kieselstein beschwert, bei der Sonnenuhr. Sie sehen, es sind wieder dieselben Zeichen wie beim erstenmal. Und da beschloß ich, dem Kerl aufzulauern. Ich holte meinen Revolver und bezog in meinem Arbeitszimmer Posten, und zwar so, daß ich den Garten und auch das tiefergelegene Gelände überblicken konnte. Es war etwa gegen zwei Uhr nachts, ich saß immer noch beim Fenster, es war dunkel, nur der Mond schien, als ich plötzlich Schritte hörte. Ich drehte mich um und sah

112

meine Frau im Morgenrock vor mir. Sie flehte mich an, wieder schlafen zu gehen. Darauf erklärte ich ihr, ich wolle nun ein für allemal, und zwar jetzt, feststellen, wer der Kerl sei, der dieses absurde Spiel mit uns treibe. Sie meinte, das sei nur irgendein dummer Unfug, und ich sollte doch nichts darauf geben. ›Wenn es dich aber wirklich so bedrückt‹, sagte sie, ›können wir zwei doch irgendwohin wegfahren, weit weg, dann hören diese Belästigungen auf.‹ — ›Was, meinst du im Ernst, ich würde mich aus meinem eigenen Hause vertreiben lassen?‹ rief ich. ›Ich mache mich ja zum Gespött der Leute!‹

›Gut, wie du willst‹, antwortete sie, ›jetzt komm aber wieder ins Bett, morgen früh können wir weiterreden.‹ Plötzlich — während sie noch sprach — sah ich, wie sie weiß wurde, ihre Hand auf meiner Schulter verkrampfte sich. Da war eine Bewegung im Schatten des Geräteschuppens: Ich sah eine große, geduckte Gestalt um die Ecke huschen und bei der Tür niederhocken. Rasch griff ich nach meiner Pistole und sprang auf, aber meine Frau schlang die Arme um mich und hielt mich krampfhaft fest. Ich versuchte, mich frei zu machen, aber ihr Griff wurde nur noch verzweifelter. Schließlich hatte ich mich befreit, doch bis ich die Tür geöffnet und den Schuppen erreicht hatte, war der Kerl längst verschwunden. Immerhin hatte er etwas zurückgelassen: Auf der schwarzen Tür fand ich dieselben Zeichen, die ich bereits zweimal gesehen hatte. Ich suchte das ganze Gelände ab, konnte aber keine weitere Spur von dem Mann entdecken. Das Merkwürdige ist, daß er trotzdem die ganze Zeit über irgendwo dort versteckt gewesen sein muß, denn als ich mir die Tür am nächsten Morgen noch einmal besah, fand ich unter der bereits bekannten Zeichnung ein paar weitere ›Tanzende Männchen‹, die in der Nacht bestimmt nicht dagewesen waren.«

»Haben Sie auch diese kopiert?«

»Ja. Das Ganze ist sehr kurz, aber hier, sehen Sie selbst«:

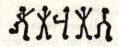

»Sagen Sie«, begann Holmes, und ich konnte ihm seine Erregung von den Augen ablesen, »war dies eine Fortsetzung der ersten Zeile, oder erschien es Ihnen als neue, selbständige Nachricht?«

»Wenn Sie mich so fragen ... Jedenfalls standen diese Zeichen auf einem anderen Türbrett.«

»Ausgezeichnet! Ich glaube, das ist bisher das Wesentlichste, was wir erfahren haben. Ich sehe schon klarer. Aber sprechen Sie bitte weiter, Mr. Cubitt.«

»Mehr gibt es nicht zu erzählen, Mr. Holmes«, sagte unser Gast. »Ich sollte vielleicht nur noch dies erwähnen: Ich war meiner Frau böse, weil sie mich in der Nacht gehindert hatte, den schleichenden Schuft zu stellen. Sie sagte, sie habe Angst gehabt, mir könnte etwas zustoßen. Und für einen Augenblick kam mir doch wahrhaftig der Verdacht, daß sie in Wahrheit um *ihn* fürchtete. Ich hätte schwören können: Sie wußte, wer der Mann war, und auch, was die ›Tanzenden Männchen‹ bedeuteten. Aber — Sie würden es verstehen, wenn Sie sie kennten, Mr. Holmes — da ist ein Ton in ihrer Stimme und ein Blick in ihren Augen, der es einem einfach verbietet, an ihren Worten zu zweifeln. Jetzt bin ich felsenfest überzeugt: Es ging ihr um meine Sicherheit. Ja, das ist alles, und nun: Was soll ich tun? Ich selbst würde am liebsten ein halbes Dutzend meiner Landarbeiter im Gebüsch postieren und ihnen befehlen, den Kerl derart zu verdreschen, daß er uns für alle Zeit in Ruhe läßt.«

»Ich fürchte, dafür ist der Fall zu ernst«, sagte Holmes. »Wie lange können Sie in London bleiben?«

»Ich muß noch heute zurück. In gar keinem Fall möchte ich meine Frau die Nacht alleinlassen. Sie bat mich, unbedingt heimzukommen.«

»Wahrscheinlich haben Sie recht. Hätten Sie etwas mehr Zeit, könnte ich mit Ihnen fahren, sagen wir in ein, zwei Tagen. Aber wie auch immer: Lassen Sie mir einstweilen diese Blätter hier, ich glaube, ich kann Sie dann bald aufsuchen und mehr Licht in diese düstere Angelegenheit bringen.«

Solange unser Klient da war, behielt Holmes die Miene ruhigen, beruflichen Interesses bei. Mich konnte er allerdings nicht darüber hinwegtäuschen, wie aufgeregt er war. Kaum hatte sich die Tür hinter Hilton Cubitts breitem Rücken geschlossen, da stürzte Holmes auch schon zu seinem Schreibtisch, breitete alle Blätter mit den ›Tanzenden Männchen‹ darauf aus und versenkte sich in komplizierte Betrachtungen.

Zwei Stunden lang bedeckte er Seite um Seite mit Zahlen, Figuren und Buchstaben; er war so vertieft in seine Arbeit, daß er mein Vorhandensein völlig vergaß. Ab und zu, wenn ihm etwas gelungen war, sang oder pfiff er vor sich hin, dann wieder saß er lange Zeit verdutzt da, mit leerem Blick, die Stirn gefurcht. Und schließlich war es soweit: Händereibend lief er im Zimmer umher, holte sich ein Telegrammformular und füllte es von oben bis unten aus.

»Wenn die Antwort meinen Erwartungen entspricht, mein lieber Watson, bekommst du einen hübschen neuen Fall für deine Sammlung«, sagte er. »Ich denke, wir können morgen nach Norfolk fahren und unserem Freund ein paar handfeste Ergebnisse mitbringen.«

Natürlich barst ich vor Neugierde, aber anderseits kannte ich Holmes zu genau, um ihn jetzt mit Fragen zu bedrängen; ich wußte, er wartete mit seinen sensationellen Enthüllungen so lange, wie es ihm paßte. Also übte ich mich in Geduld.

Die Antwort auf sein Telegramm verzögerte sich jedoch. Zwei Tage der Unruhe folgten, während Holmes auf jedes Türläuten horchte. Endlich, am zweiten Abend, kam ein Brief von Hilton Cubitt: Alles sei soweit ruhig, schrieb er, außer, daß am Sockel der Sonnenuhr wieder eine neue Kreidezeichnung erschienen sei. Holmes entfaltete die Kopie: Ein paar Minuten blieb er in das Studium der Hieroglyphen vertieft, dann sprang er plötzlich mit einem Ausruf der Überraschung und Bestürzung auf.

»Wir haben die Dinge weit genug treiben lassen«, sagte er. »Geht heute abend noch ein Zug nach North-Walsham?«

Ich sah im Kursbuch nach. Der letzte war gerade abgefahren.

»Dann wollen wir morgen so früh wie möglich aufbrechen. Unsere Anwesenheit ist unbedingt nötig. Ah, und hier kommt mein ersehntes Telegramm! Es ist, wie ich es erwartet habe.

Wir dürfen Hilton Cubitt keine einzige Stunde länger warten lassen. Er muß erfahren, wie die Dinge stehen.«

Wenn ich nun zu dem finsteren Ende dieser Geschichte komme, die mir anfangs nur kindisch oder komisch erschien, so erlebe ich abermals die Bestürzung und den Schrecken, die mich damals erfüllten. Ich wünschte, ich könnte meinen Lesern einen schöneren Schluß bieten, aber dies hier ist der Bericht über die wirklichen Ereignisse, und ich muß ihn bis zum dunklen Wendepunkt vorantreiben, bis zu jenem Vorfall, der das Haus Ridling Thorpe Manor in aller Leute Mund brachte.

Wir waren kaum in North-Walsham ausgestiegen und hatten einem der Kutscher unser Ziel genannt, als der Stationsvorsteher angerannt kam. »Sie sind doch die Detektive aus London?« fragte er.

Etwas wie Unwillen zeigte sich auf Holmes' Gesicht. »Wie kommen Sie darauf?«

»Na, der Inspektor Martin aus Norwich, der ist doch hier gerade durchgekommen — oder sind Sie die Polizeiärzte? Aber sie lebt noch, wenigstens vorhin tat sie's, vielleicht können Sie sie retten — wenn auch nur für den Galgen.«

Holmes konnte seine Erregung kaum verbergen. »Wir wollen nach Ridling Thorpe Manor, aber wir haben keine Ahnung, was dort geschehen ist.«

»Guter Gott, eine scheußliche Sache!« jammerte der Beamte. »Beide erschossen, Mr. Hilton Cubitt und seine Frau. Zuerst sie ihn und dann sich selbst, sagen die Dienstboten. Er ist tot und sie nicht weit weg davon. Ach du lieber Gott, so 'ne alte Familie und so angesehen in Norfolk . . .«

Ohne ein Wort zu entgegnen, warf sich Holmes in die Droschke und machte seinen Mund auch während der sieben Meilen dauernden Fahrt kein einziges Mal auf. Ich habe ihn selten so verzweifelt gesehen. Schon bei der Abfahrt in London war er unruhig gewesen, ich hatte es daran erkannt, wie er nervös die Morgenzeitung hin und her wälzte. Aber dies hier versetzte ihm einen Schock. Verloren in quälende Gedanken, lehnte er sich in seinem Sitz zurück. Und dabei fuhren wir durch eine Landschaft, wie es sie wohl nur einmal so herrlich und friedvoll in ganz England gibt. Nur ein paar verstreut liegende Gehöfte zeugten von der Gegenwart — rechts und links ragten gewaltige Kirchen empor und gaben Zeugnis vom Wohlstand und Ruhm des alten Ost-Englands. Schließlich erschien hinter der grünen Küste von Norfolk ein violetter Streifen: die Nordsee, und unser Kutscher deutete mit seiner Peitsche auf zwei alte Fachwerkgiebel, die aus den Bäumen hervorschauten. »Das ist Ridling Thorpe Manor«, sagte er.

Als wir dem säulengestützten Eingang näher kamen, sah ich den schwarzen Geräteschuppen und dann die Sonnenuhr auf ihrem Sockel, was mich wieder in unsere traurige Zeit zurückbrachte.

Ein flinker kleiner Mann, der eifrig und gewitzt wirkte, war gerade von einem Einspänner herabgeklettert. Er stellte sich uns als Inspektor Martin vor, Konstabler von Norfolk, und war offensichtlich verwundert, als er den Namen meines Gefährten hörte.

»Ja du lieber Himmel, Mr. Holmes, der Mord geschah doch erst heute früh um drei! Wie ist es möglich, daß Sie's in London erfuhren und gleichzeitig mit mir hier eintreffen?«

»Ich sah das Unglück voraus und fuhr her, um es zu verhindern.«

»Dann müssen Sie aber weit mehr wissen als wir, denn die beiden galten überall als ausgesprochen glückliches Paar.«

»Das einzige, was ich weiß, ist die Geschichte mit den ›Tanzenden Männchen‹«, sagte Holmes. »Aber davon nachher. Da es jetzt ohnehin zu spät ist, etwas zu retten, will ich wenigstens alles tun, um den Fall zu klären. Wollen Sie mich an Ihrer Untersuchung teilnehmen lassen, oder ist es Ihnen lieber, ich gehe auf eigene Faust vor?«

»Es wäre mir eine Ehre, wenn Sie mit uns zusammenarbeiten wollten, Mr. Holmes«, sagte der Inspektor mit aufrichtigem Ernst.

»Dann möchte ich jetzt gern die Aussagen hören und, ohne noch mehr Zeit zu verlieren, das Grundstück besichtigen.«

Inspektor Martin tat gut daran, meinem Freund volle Freiheit in seiner Arbeitsweise zu lassen, denn so konnte er sich damit begnügen, lediglich die fertigen Ergebnisse sorgfältig zu notieren. Unterdessen erschien auch der Landarzt, ein alter, weißhaariger Herr, und berichtete, daß Mrs. Cubitts Verletzungen zwar ernst, aber nicht unbedingt lebensgefährlich seien. Die Kugel hatte die Schädeldecke durchschlagen, und es würde wohl noch eine Weile dauern, bis sie das Bewußtsein wiedererlangte. Auf die Frage, ob sie selbst oder eine andere Person gefeuert habe, konnte er keine eindeutige Antwort geben. Feststand lediglich, daß der Schuß aus allernächster Nähe abgegeben worden war. Im Raum hatte man nur eine Pistole gefunden; zwei Kugeln fehlten im Magazin. Mr. Hilton Cubitt war durch einen Herzschuß getötet worden. Es blieb nach wie vor unklar, ob er zuerst sie verwundet und dann sich selbst erschossen oder ob sie die Tat begangen hatte — den Revolver fand man in der Mitte zwischen ihnen auf dem Fußboden.

»Hat man etwas verändert?« fragte Holmes.

»Wir haben nur die Lady weggetragen. Man konnte sie ja nicht gut auf dem Boden verbluten lassen.«

»Wie lange sind Sie schon im Haus, Doktor?«

»Seit vier Uhr früh.«

»Ist außer Ihnen noch jemand gekommen?«

»Sie sehen ja, der Konstabler.«

»Und Sie haben also nichts berührt?«

»Nicht das geringste.«

»Das war klug von Ihnen. Wer hat Sie gerufen?«

»Das Hausmädchen, Miß Sanders.«

»War sie es, die Alarm schlug?«

»Sie und Mrs. King, die Köchin.«

»Und wo stecken sie jetzt?«

»Ich nehme an, in der Küche.«

»Dann schlage ich vor, sie erzählen uns den genauen Hergang noch einmal.«

Man hatte die alte, eichengetäfelte Halle mit den hohen

Fenstern in einen Empfangsraum umgebaut. Holmes setzte sich in einen schweren, altmodischen Stuhl, seine unerbittlichen Augen glühten in dem hageren Gesicht. Ich konnte in ihnen das Versprechen lesen, nicht eher zu ruhen, als bis der Tod seines Klienten — wenn er ihn schon nicht hatte retten können — gerächt war. Um ihn herum bildeten der schmucke Inspektor Martin, der greise Landarzt, ich und ein schwerfälliger Dorfpolizist eine merkwürdige Gruppe.

Die beiden Frauen machten ziemlich klare Angaben: Eine Explosion, der gleich darauf eine zweite folgte, hatte sie aus dem Schlaf gerissen. Ihre Räume lagen nebeneinander, und Mrs. King war sofort zu Miß Sanders gestürzt. Zusammen waren sie dann die Treppe hinuntergeeilt. Die Tür zum Arbeitszimmer fanden sie offen, auf dem Schreibtisch brannte eine Kerze. Ihr Herr lag, mit dem Gesicht nach unten, mitten im Raum. Er war tot. Und nahe beim Fenster kauerte seine Frau, sie stützte den Kopf gegen die Wand. Sie sah furchtbar aus, die eine Hälfte des Gesichtes war mit Blut überströmt. Obwohl sie keuchend atmete, konnte sie kein Wort hervorbringen. Flur und Zimmer waren voller Rauch und Pulvergeruch. Ganz gewiß sei das Fenster fest verschlossen und auch von der Innenseite verriegelt gewesen. Beide Frauen waren sich in diesem Punkt einig. Dann hatten sie sofort den Doktor gerufen und die Polizei verständigt und darauf mit Hilfe des Dieners und des Stallburschen die verletzte Lady in ihr Zimmer gebracht.

Mr. und Mrs. Hilton Cubitt waren schon zu Bett gewesen; sie trug einen Morgenrock, er einen Hausmantel über den Nachtkleidern. Im Arbeitszimmer hatten sie nichts verändert, und soweit sie wußten, hatte es nie irgendwelchen Streit oder Unstimmigkeiten zwischen den beiden gegeben. Sie galten als ein ausgesprochen glückliches Paar.

Das war in groben Zügen die Aussage der Dienerschaft. Auf die Frage Inspektor Martins erwiderten sie übereinstimmend, jede Außentür sei von innen verriegelt gewesen, und kein Mensch habe das Haus verlassen können. Auf Holmes' Frage erklärten sie, sie hätten den Pulvergeruch sofort wahrgenommen, als sie aus ihren Zimmern auf den oberen Flur stürzten.

119

»Diesen Umstand empfehle ich Ihrer besonderen Aufmerksamkeit«, wandte Holmes sich an seinen beamteten Kollegen. »Und jetzt, glaube ich, können wir darangehen, das Zimmer gründlich zu untersuchen.«

Das Arbeitszimmer erwies sich als ein ziemlich kleiner Raum, in dem drei Wände mit Bücherregalen vollgestellt waren; vor dem einzigen Fenster, das auf den Garten hinausging, stand ein Schreibtisch. Natürlich galt unsere Aufmerksamkeit zunächst dem armen Junker, dessen mächtiger Körper ausgestreckt auf dem Boden lag. Seine nachlässige Kleidung zeigte, daß er hastig aus dem Bett gesprungen war. Die Kugel hatte ihn von vorn getroffen und war im Körper steckengeblieben, nachdem sie das Herz zerrissen hatte. Wenigstens war der Tod augenblicklich und schmerzlos eingetreten. Weder sein Hausmantel noch die Hände wiesen Pulverspuren auf. Laut Bericht des Arztes hatte die Lady zwar Pulverspuren im Gesicht, jedoch keine an den Händen.

»Das Fehlen dieser Spuren besagt gar nichts, während ihr Vorhandensein alles bedeuten könnte«, sagte Holmes. »Wenn das Pulver einer schlecht sitzenden Patrone nicht zufällig nach hinten fliegt, kann man praktisch eine ganze Reihe von Schüssen abfeuern, ohne ein mit bloßem Auge sichtbares Zeichen davonzutragen. Mr. Hilton Cubitts Leiche sollte man jetzt wohl wegbringen. Doktor, Sie haben die Kugel, durch die die Lady verletzt wurde, wohl noch nicht gefunden?«

»Nein, und das wird auch erst durch eine komplizierte Operation möglich sein. Aber sehen Sie, hier im Revolver sind noch vier Kugeln. Zwei wurden abgefeuert, und wir haben zwei Verwundungen — damit ist doch alles klar.«

»Ja, so könnte es scheinen«, sagte Holmes. »Vielleicht wollen Sie mir auch eine Erklärung für die Kugel geben, die hier den Fensterrahmen durchschlagen hat?« Er drehte sich mit einem Ruck um und wies mit seinem langen Finger auf das Loch am unteren Rahmen des Schiebefensters.

»Alle guten Geister«, rief der Inspektor, »wie haben Sie denn das entdeckt?«

»Ich suchte danach.«

»Wundervoll, Sir«, sagte der Arzt. »Sie haben zweifellos recht. Ein dritter Schuß fiel also, und so muß auch eine dritte Person beteiligt gewesen sein. Nur: Wer war das, und wie konnte sie sich in nichts auflösen?«

»Ja, das eben ist das Problem, das wir lösen müssen«, antwortete Holmes. »Erinnern Sie sich, Inspektor: Als die beiden Dienstboten aussagten, sie hätten gleich beim Verlassen ihrer Zimmer einen starken Pulvergeruch wahrgenommen, sah ich dies als besonders wichtig an und empfahl es Ihrer Aufmerksamkeit.«

»Gewiß, Sir, aber ich muß gestehen, ich verstand nicht ganz . . .«

»Nun, ich nahm an, daß während der Schießerei Tür und Fenster des Zimmers offengestanden haben. Sonst hätte der Pulvergeruch niemals so schnell ins Haus dringen können. Das war nur möglich, wenn im Zimmer ein Windzug herrschte. Und doch, Tür und Fenster waren nur sehr kurze Zeit geöffnet.«

»Woher wissen Sie das?«

»Die Kerze war nicht ausgegangen.«

»Glänzend!« rief Inspektor Martin. »Einfach glänzend!«

»Und da ich sicher war, daß das Fenster während des Mordes offenstand, war ich auch vom Vorhandensein einer dritten Person überzeugt. Diese müßte demnach draußen gewesen sein und durch das Fenster geschossen haben. Jeder Schuß aus dem Zimmer könnte den Fensterrahmen getroffen haben. So blickte ich mich also hier um — das Resultat kennen Sie.«

»Aber wie erklären Sie sich, daß das Fenster nachher wieder geschlossen und verriegelt war?«

»Nun, die Frau wird es instinktiv getan haben. Aber halt — was haben wir denn hier?«

Was Holmes entdeckt hatte, war eine Damenhandtasche, ein hübsches kleines Ding aus Krokodilleder mit Silberbügeln, das auf dem Schreibtisch lag. Er öffnete sie und kippte den Inhalt auf die Platte: fünfundzwanzig englische Pfundnoten, von einem roten Gummiband zusammengehalten. »Das muß sorgfältig aufbewahrt werden«, sagte Holmes nachdenklich und übergab Tasche samt Inhalt dem Inspektor. »Jetzt wollen wir

aber sehen, was wir über die dritte Kugel erfahren können.
Ich würde gern die Köchin noch einmal sprechen. — Mrs. King,
Sie sagten vorhin, Sie seien durch eine laute Explosion geweckt worden. Meinten Sie damit, daß sie Ihnen lauter erschien
als die zweite?«

»Ja, Sir, aber ich wurde dadurch ja erst wach, und da ist es
schwer, etwas richtig zu beurteilen. Aber es kam mir schon sehr
laut vor.«

»Halten Sie es für möglich, daß es zwei Schüsse waren, die
gleichzeitig fielen?«

»Oh, Sir, das weiß ich wirklich nicht.«

»Verlassen Sie sich darauf, es war so. Ich glaube, mit diesem
Raum haben wir uns jetzt genug befaßt, mehr können wir hier
nicht finden. Wenn Sie mitkommen wollen, Inspektor — ich
möchte mir den Garten ansehen und feststellen, was es dort für
Spuren gibt und was sie uns sagen.«

Unter den Fenstern des Arbeitszimmers war ein Blumenbeet.
Wir alle schrien auf, als wir davorstanden: Die Blumen waren
niedergetrampelt und die feuchte Erde über und über mit Fuß-
abdrücken bedeckt. Abdrücke von Männerfüßen in eigentüm-
lich langen, spitzen Schuhen. Wie ein Jagdhund nach einem verwundeten Vogel suchte Holmes im Gras und zwischen den
Blättern herum. Plötzlich beugte er sich mit einem befriedigten
Ausruf vor und hob eine kleine Messinghülse auf.

»Das hab ich mir gedacht«, murmelte er. »Hier ist die dritte
Patronenhülse. Und damit haben wir, scheint mir, alles Nötige
beisammen, Inspektor.«

Im Gesicht des ländlichen Inspektors spiegelte sich das ungeheure Erstaunen über die sichere und schnelle Arbeit meines
Freundes. Hatte er anfangs vielleicht noch versucht, eine eigene
Position einzunehmen, um das dienstliche Gesicht in seinem
Machtbereich zu wahren, so war er jetzt, von ehrlicher Bewun-
derung erfüllt, bereit, sich Holmes in allem und jedem unterzu-
ordnen.

»Wen haben Sie im Verdacht?« fragte er.

»Bitte, glauben Sie mir, ich habe keinesfalls vor, mich in Ge-
heimnisse zu hüllen. Aber in diesem Stadium ist es mir einfach

nicht möglich, lang und breit Erklärungen abzugeben. Ich habe alle Fäden in der Hand. Sollte Mrs. Cubitt das Bewußtsein nicht wiedererlangen, so werden wir doch die Ereignisse rekonstruieren und der Gerechtigkeit zum Sieg verhelfen können. Zunächst aber noch eine Frage: Gibt es hier in der Umgebung ein Gasthaus, das ›Elrige's‹ heißt?« Das Personal wurde eingehend befragt, aber niemand wußte etwas. Schließlich fiel dem Stallburschen ein, von einem Mann dieses Namens gehört zu haben. Seine Farm lag ziemlich weit entfernt, in Richtung East Ruston.

»Steht sein Haus einsam?«

»Völlig einsam, Sir.«

»Könnte es sein, daß man dort noch nichts von den Ereignissen hier erfahren hat?«

»Das mag schon stimmen, Sir.«

Holmes überlegte eine Weile, dann huschte ein Lächeln über sein Gesicht.

»Sattle ein Pferd, mein Junge«, wandte er sich an den Stallburschen. »Du sollst eine Botschaft zur Elrige's Farm bringen.«

Er zog aus seiner Tasche die verschiedenen Zettel mit den ›Tanzenden Männchen‹, breitete sie vor sich aus und arbeitete eine ganze Zeitlang am Schreibtisch. Schließlich gab er dem Jungen einen Brief und schärfte ihm ein, ihn nur der Person, an die er gerichtet war, auszuhändigen und keinerlei Fragen zu beantworten. Ich sah die beschriebene Seite des Kuverts, sie war mit unregelmäßigen, zittrigen Schriftzügen bedeckt, Holmes präziser, deutlicher Handschrift völlig unähnlich. Die Adresse lautete: ›Mr. Abe Slaney, Elrige's Farm, East Ruston, Norfolk.‹

»Wenn Sie meinen Rat annehmen wollen, Inspektor«, sagte Holmes, »so telegrafieren Sie nach ein paar Polizisten. Falls meine Überlegungen richtig sind, werden wir noch heute einen gefährlichen Mann ins Landgefängnis einliefern. Der Junge hier, der meine Botschaft überbringt, könnte auch Ihr Telegramm aufgeben. — Wenn es so um vierzehn Uhr herum einen Zug gibt, sollten wir ihn nehmen, Watson. Du weißt, ich stecke mitten in einem interessanten chemischen Experiment, und diese Untersuchung nähert sich ihrem Ende.«

Sobald der Stallbursche davongeeilt war, erteilte Sherlock Holmes den Dienstboten seine Instruktionen. Wer auch immer nach Mrs. Hilton Cubitt fragen sollte: Es durfte keinerlei Auskunft über ihr Befinden gegeben werden. Der Besucher sollte aber unverzüglich ins Wohnzimmer geführt werden. Das hämmerte er ihnen ein. Schließlich kehrte er ins Wohnzimmer zurück und sagte, wir könnten jetzt nichts weiter tun und müßten sehen, wie wir die Zeit am besten zubrächten. Der Arzt hatte uns bereits verlassen, er war wieder unterwegs zu seinen Patienten; nur der Inspektor und ich blieben.

»Vielleicht wird Ihnen diese Stunde doch nicht ganz verloren erscheinen«, begann Holmes, während er seinen Sessel zum Tisch zog und wieder einmal die Strichmännchen vor sich ausbreitete. »Dir, mein lieber Watson, kann ich nur meine größte Hochachtung aussprechen, daß du die dir angeborene Neugierde so lange bezähmt hast. Und Sie, Inspektor, werden in diesem Verbrechen vielleicht ein bemerkenswertes Studienobjekt erkennen. Zunächst muß ich Ihnen aber von Mr. Hilton Cubitts Besuchen in der Baker Street erzählen!« Er berichtete kurz das Nötigste.

»Hier vor mir sehen Sie diese eigentümlichen Zeichnungen, über die man lächeln könnte, hätten sie sich nicht als Vorläufer einer Tragödie gezeigt. Ich kenne mich in sämtlichen Geheimschriften aus — ich habe selbst ein kleines Buch darüber verfaßt, wobei ich 160 verschiedene Zeichen analysierte. Ich muß jedoch gestehen, dies hier war auch für mich völlig neu. Es liegt auf der Hand, daß die Erfinder dieser Geheimschrift den Glauben erwecken wollten, es handele sich um nichts anderes als um zufällige Kinderkritzeleien. Nachdem ich jedoch erkannt hatte, daß die einzelnen Figuren Buchstaben ersetzen, und mir die Regeln, denen im Wesentlichen jede Geheimschrift folgt, wieder ins Gedächtnis gerufen hatte, war die Lösung nicht allzu schwer. Die erste Botschaft, die ich zu Gesicht bekam, war sehr kurz, ich konnte lediglich feststellen, daß dieses Zeichen für E stand. E ist der gebräuchlichste Buchstabe des englischen Alphabets, er kommt so häufig vor, daß man ihn sogar in einem kurzen Satz mehrfach antreffen kann. Von fünfzehn Zeichen der ersten Nachricht waren vier gleich. Es lag also nahe, ein E dahinter zu vermuten. Manche dieser E's hatten so etwas wie ein Fähnchen, andere wieder nicht; aber aus der Anordnung der Fähnchen konnte ich schließen, daß sie dazu dienten, die Buchstabengruppen in Worte zu trennen. Ich ließ diese Hypothese zunächst also gelten und notierte das Zeichen als Buchstaben E:

Aber jetzt erst begann die eigentliche Schwierigkeit des Puzzlespiels. Denn die Reihenfolge der englischen Buchstaben nach dem E steht keineswegs fest, und wenn sich auch vielleicht die Häufigkeit dieses oder jenes Buchstabens im Durchschnitt einer beliebigen Druckseite ergibt, so kann sich das Verhältnis bei einem einzeln herausgegriffenen Satz völlig verschieben. Grob gesprochen, treten die Buchstaben in dieser Häufigkeitsreihenfolge auf: T, A, O, I, N, S, H, R, D, L. Aber T, A, O und I stehen so dicht nebeneinander, daß es einer Sisyphusarbeit gleichkommt, hier eine Reihenfolge wirklich genau zu berechnen. So wartete ich auf neues Material. Bei seinem nächsten Besuch gab mir Hilton Cubitt zwei weitere Kopien, dazu eine Notiz, die aus einem einzigen Wort zu bestehen schien, denn die Strichmännchen wurden durch kein Fähnchen geteilt. Hier sehen Sie die Zeichnungen. In der letzten fand ich zwei E, und zwar als zweiten und vierten Buchstaben von insgesamt fünf. Das Wort könnte lauten ›sever‹ (trennen), ›lever‹ (Hebel) und ›never‹ (niemals). Wenn wir davon ausgehen, daß das Vorherstehende eine Forderung war, paßt die letzte Lösung, ›niemals‹, am besten. Die Umstände deuteten darauf, daß diese

Antwort von der Lady stammte. Nehmen wir an, die Deutung sei richtig, dann können wir sagen, daß diese Zeichen die Buchstaben N, V und R ersetzen:

Ein glücklicher Einfall ließ mich die anderen Buchstaben erraten. Ich sagte mir nämlich, daß — wenn diese Botschaft von einer Person stammt, die der Lady früher einmal nahegestanden hat — ein Wort mit zwei E's, zwischen denen drei andere Buchstaben stehen, sehr gut ›Elsie‹ lauten könnte. Nach weiterer Prüfung des Materials stellte ich fest, daß diese Zeichenkombination am Ende der Botschaft stand, die dreimal wiederholt wurde. Ziemlich wahrscheinlich also, daß es eine Forderung an ›Elsie‹ war. Damit hatte ich die Buchstaben L, S und I. Aber was für eine Forderung konnte das sein? Das Wort vor ›Elsie‹ bestand nur aus vier Buchstaben, der letzte war ein E. Ich war sicher, daß es ›come‹ (komm) lautete. Trotzdem probierte ich noch alle möglichen Buchstabenkombinationen mit einem E am Ende aus, konnte jedoch keine bessere Lösung finden. Damit hatte ich dann die Zeichen für C, O und M und nahm die erste Notiz noch einmal in Augenschein. Ich trennte sie nach jedem Fähnchen und setzte für jeden fehlenden Buchstaben einen Punkt. Ich erhielt dies:

.M .ERE ..E SL.NE.

Der erste Buchstabe konnte nur ein A sein, und diese Entdeckung erwies sich als sehr nützlich, denn ein A tauchte in diesem kurzen Satz nicht weniger als dreimal auf. Und ein H gehörte an den Anfang des zweiten Wortes. Ich erhielt somit:

AM HERE A.E SLANE.

Und nachdem ich die Lücken gefüllt hatte:

AM HERE ABE SLANEY, das heißt also ›Ich bin hier Abe Slaney‹. Damit waren mir so viele Buchstaben bekannt, daß ich an die Entzifferung des zweiten Zettels gehen konnte:

A. ELRI.ES

Das ergab nur einen Sinn, wenn ich T und G in die Lücken

setzte und annahm, es handele sich um ein Gasthaus oder eine Farm, wo der Schreiber wohnt.«

Gebannt hatten Inspektor Martin und ich dem klaren Bericht meines Freundes gelauscht.

»Was unternahmen Sie dann, Sir?« fragte der Inspektor erregt.

»Ich hatte allen Grund zu glauben, daß dieser Abe Slaney Amerikaner war, denn ›Abe‹ ist eine in Amerika gebräuchliche Kurzform, und der Brief an Mrs. Hilton Cubitt, mit dem alles Unglück anfing, kam aus Amerika. Ebenso nahe lag die Vermutung, daß sich hinter dem Ganzen etwas Gesetzwidriges verbarg. Die Andeutung, die die Lady über ihre Vergangenheit gemacht hatte, und ihre Weigerung, ihren Gatten ins Vertrauen zu ziehen, bot diese Schlußfolgerung an. So telegrafierte ich meinem Freund im New Yorker Polizeibüro, Wilson Hargreave, der sich seinerseits mehr als einmal meiner Kenntnis der Londoner Unterwelt bedient hatte. Ich fragte ihn, ob ihm etwas über einen Abe Slaney bekannt sei. Hier die Antwort: ›Der größte Gauner Chicagos‹. Am selben Abend, als das Telegramm kam, erhielt ich auch von Hilton Cubitt die letzte Botschaft Abe Slaneys. Indem ich die mir bekannten Buchstaben einsetzte, las ich:

ELSIE .RE.ARE TO MEET THY GO.

Ich setzte die Buchstaben P und D ein und sah, daß der Schurke von Verfolgung zur Drohung übergegangen war: ›Elsie prepare to meet thy God‹ hieß klar und deutlich, daß Elsie sich vorbereiten solle, vor ihren Herrgott zu treten. Da ich seine Chicagoer Kollegen zur Genüge kenne, befürchtete ich, er könnte die Worte bald in die Tat umsetzen. Sofort machte ich mich mit Dr. Watson auf den Weg hierher, kam aber leider Gottes nur noch an, um festzustellen, daß das Schlimmste geschehen war.«

»Ich empfinde es als eine hohe Auszeichnung, mit Ihnen zusammenarbeiten zu dürfen«, sagte der Inspektor warm. »Aber bitte verübeln Sie es mir nicht, wenn ich jetzt ganz offen bin: Sie haben sich nur vor sich selbst zu verantworten, ich muß vor meinen Vorgesetzten Rechenschaft ablegen. Wenn aber Abe

Slaney der Mörder ist, tatsächlich in Elrige's Farm lebt und, während ich hier sitze, das Weite sucht, dann komme ich, so wahr ich hier sitze, in Teufels Küche.«

»Sie brauchen sich nicht zu beunruhigen. Er wird nichts dergleichen tun.«

»Wie wollen Sie das wissen?«

»Flucht würde einem Schuldbekenntnis gleichkommen.«

»Nun, dann lassen Sie uns aufbrechen und ihn gleich festnehmen.«

»Diese Mühe können wir uns sparen. Ich erwarte ihn jeden Augenblick.«

»Warum sollte er ausgerechnet hierherkommen?«

»Ich habe ihm geschrieben und ihn darum gebeten.«

»Aber — aber das geht doch zu weit, Mr. Holmes! Warum in aller Welt glauben Sie, daß er Ihrer Einladung folgt? Sie wird ihn doch nur warnen und in die Flucht treiben!«

»Ich denke, ich habe meinen Brief schon richtig abgefaßt«, sagte Holmes unerschüttert. »Und wenn mich nicht alles täuscht, kommt er dort gerade die Auffahrt entlang.«

Ein großer Mann näherte sich in der Tat mit langen Schritten der Tür: ein gutaussehender, dunkler Typ, in einem Flanellanzug, mit einem Panamahut über einer mächtigen Hakennase und einem struppigen, schwarzen Bart. Beim Gehen schwang er heftig einen Rohrstock. Er schritt über den Weg, als gehöre er ihm, und gleich darauf hörten wir, wie er laut und zuversichtlich die Glocke zog.

»Ich glaube, meine Herren«, sagte Holmes ruhig, »wir beziehen am besten hinter der Tür Posten. Bei solchen Burschen ist jede Vorsicht geboten. Sie werden die Handschellen brauchen, Inspektor — das Reden können Sie dann mir überlassen.«

Wir warteten — eine dieser langen Minuten, die man nie vergißt. Dann flog die Tür auf, und der Mann trat ein. Im selben Augenblick hielt Holmes einen Revolver an seine Schläfe, und Inspektor Martin ließ die Handschellen über seinen Gelenken zusammenschnappen. Das alles war so plötzlich und überraschend erfolgt, daß der Mann schon außer Gefecht gesetzt war, ehe er überhaupt gemerkt hatte, was geschah. Er starrte mit flammenden Augen von einem zum anderen. Dann brach er in bitteres Gelächter aus.

»Ja, Leute, das nenn' ich einen gelungenen Überfall! Da bin ich wohl in 'was Böses hineingeschlittert. Aber ich komme auf einen Brief von Mrs. Hilton Cubitt; man sagte mir, sie sei hier drin. Und Sie wollen mir doch wohl nicht weismachen, daß sie geholfen hat, mich in diese Falle zu locken?«

»Mrs. Hilton Cubitt ist schwer verletzt und liegt im Sterben.«

Der Mann brüllte auf, daß es durch das ganze Haus drang. »Sie sind verrückt«, keuchte er. »Er wurde doch getroffen, nicht sie! Wer könnte der kleinen Elsie 'was antun? Gut, ich habe ihr vielleicht gedroht — möge Gott mir verzeihen —, aber nie hätt' ich auch nur ein einziges Haar auf ihrem hübschen Kopf gekrümmt. Nehmen Sie das zurück, Mann, sagen Sie, daß das 'ne verdammte Lüge ist . . .«

»Man fand sie schwerverletzt neben ihrem toten Gatten.«

Mit dumpfem Stöhnen sank er auf das Sofa und verbarg sein Gesicht in den gefesselten Händen. Fünf Minuten etwa sagte keiner von uns ein Wort. Dann hob er den Kopf und sprach mit der eisigen Ruhe, wie sie nur letzte Verzweiflung kennt:

»Ich habe nichts zu verbergen, meine Herren. Wenn ich den Mann getötet habe, so war das kein Mord, sondern Notwehr — er schoß zuerst auf mich. Aber wenn Sie glauben, ich könnte dieser Frau etwas antun, so kennen Sie weder sie noch mich. Ich sage Ihnen, es hat noch keinen Mann gegeben, der eine Frau mehr liebte als ich sie. Ich hatte ein Recht auf sie! Sie wurde mir vor Jahren versprochen. Und wer war schon dieser Engländer, daß er sich zwischen uns drängen durfte! Ich sag' Ihnen, ich hatte das erste Recht, und ich habe nur verlangt, was mir ohnehin zustand!«

»Sie verließ Sie, als sie erkannt hatte, was für ein Mensch Sie sind«, sagte Holmes ungerührt. »Sie floh aus Amerika und heiratete einen ehrenhaften Mann in England. Sie spürten sie auf, verfolgten sie und machten ihr das Leben zur Hölle, und alles, damit sie ihren Mann, den sie liebte und achtete, verließ und zu Ihnen käme, obwohl sie Sie fürchtete und verabscheute. Sie haben es erreicht, einen guten, anständigen Mann zu töten und seine Frau in den Tod zu treiben. Das ist die Bilanz Ihres Tuns, Mr. Abe Slaney, und darüber können Sie sich vor Gericht verantworten.«

»Wenn Elsie stirbt, ist mir egal, was aus mir wird«, sagte der Amerikaner. Er öffnete die Hand und blickte auf eine Papierkugel, die er darin hielt. »Aber hier, Mann!« rief er mit plötzlichem Argwohn in den Augen. »Hierüber können Sie mich nicht täuschen! Wenn die Lady so schlimm dran ist, wie Sie behaupten, wer hat dann diese Nachricht geschrieben, he?«

»Ich, wenn Sie nichts dagegen haben.«

»Sie? Sie waren das? Aber es gibt doch keinen Menschen auf der Welt außer den ›Verschworenen‹, der das Geheimnis der Tanzenden Männchen kennt. Wie konnten Sie wissen . . .«

»Nun, was einer zusammenknüpfen kann, kann ein anderer lösen«, sagte Holmes. »Nachher kommt ein Wagen, der Sie nach Norwich bringen wird. Bis dahin haben Sie Zeit, das Unrecht, das Sie verschuldet haben, wenigstens etwas zu mildern. Ist Ihnen klar, daß Mrs. Hilton Cubitt unter schwerem Verdacht steht, ihren Mann ermordet zu haben, und daß nur mein Hiersein und glücklicherweise mein Wissen um die wahren Zusammenhänge sie vor der Anklage rettet? Alles, was Sie jetzt noch für sie tun können, ist, die Welt wissen zu lassen, daß sie weder direkt noch indirekt auch nur die geringste Schuld am tragischen Tod ihres Mannes trifft.«

»Was anderes wünsche ich mir ja gar nicht«, sagte Abe Slaney. »Und ich meine, es ist in diesem Fall am besten, ich sag' die nackte Wahrheit.«

»Es ist meine Pflicht, Sie darauf aufmerksam zu machen, daß alles, was Sie jetzt aussagen, vor Gericht gegen Sie verwendet werden kann«, unterbrach ihn der Inspektor, ein treuer Vertreter der fairen englischen Rechtsprechung.

Slaney zuckte mit den Schultern. »Darauf laß ich's ankommen«, sagte er. »Vor allem möchte ich Ihnen klarmachen, meine Herren, daß ich Elsie kenne, seit sie ein Kind war. Wir waren damals sieben Mann in der Bande, und Elsies Vater unser Boß. War ein schlauer Kopf, der alte Patrick. Er war's, der die Geheimschrift erfand, sie sollte wie Kindergekritzel wirken und hätt's auch in alle Ewigkeit gegolten, wenn Sie nicht dahintergekommen wären. Na, und dann erfuhr Elsie von ein paar Dingern, die wir gedreht hatten; aber sie wollte nichts damit zu tun haben. Sie hatte ein bißchen eigenes ehrlich verdientes Geld, und so ließ sie uns alle stehen und ging nach London. Sie war mit mir verlobt, und sie hätte mich auch geheiratet, wenn ich den Beruf gewechselt hätte; mit unserer Art von Geschäften wollte sie nichts zu schaffen haben. Aber erst nachdem sie hier den Engländer geheiratet hatte, fand ich heraus, wo sie steckte. Ich schrieb ihr, kriegte aber keine Antwort. So fuhr ich also selbst 'rüber, und da ich ja gemerkt hatte, daß Briefe bei ihr nichts nutzen, versuchte ich's auf 'nem anderen Weg und malte meine Botschaften dort, wo sie sie zu Gesicht bekommen mußte. Jetzt bin ich schon 'nen ganzen Monat hier. Ich hab' ein Zimmer dort auf der Farm bei Elrige's, ganz unten im Haus, so konnt' ich jede Nacht 'rein und 'raus, ohne daß es einer merkte. Ich hab' getan, was ich konnte, damit sie hier weggeht. Daß sie meine Botschaft las, wußte ich, denn einmal hat sie eine Antwort daruntergeschrieben. Schließlich hielt ich's nicht mehr aus, ich drehte durch und fing damit an, ihr zu drohen. Darauf schickte sie mir einen Brief und flehte mich an, von hier wegzugehen. Sie sagte, es würd' ihr das Herz brechen, wenn ihr Mann in einen Skandal verwickelt würde. Und dann versprach sie, nachts um drei, wenn ihr Mann schliefe, 'runterzukommen und mit mir durchs Eckfenster zu reden, ich müßte dann aber wirklich von hier verschwinden und sie in Ruhe lassen. Sie brachte Geld mit — wollte mich damit bestechen. Und das war's, was mich wild machte. Ich packte sie am Arm und versuchte, sie aus dem Fenster zu ziehen. In dem Moment stürzte der Mann ins Zimmer, mit 'nem Revolver in der Hand. Elsie war auf den Boden gesunken, wir zwei standen uns gegenüber. Ich war wütend, fühlte mich beleidigt und hob mein Eisen, um ihm Angst zu machen und damit er mich laufen ließ. Aber er schoß — und verfehlte mich; fast im selben Augenblick drückte auch ich ab, und er sackte zusammen. Da machte ich, daß ich durch den Garten wegkam. Beim Laufen hörte ich noch, wie das Fenster geschlossen wurde. — Das ist die Wahrheit, so wahr mir Gott helfe, jedes einzige Wort ist wahr, Leute, und ich hab' nichts mehr von allem gehört, bis der Bengel vorhin angeritten kam und mir den Zettel brachte, worauf ich herraste, wie ein Narr, und prompt in der Falle saß.«

Während der Amerikaner noch sprach, war ein Wagen mit zwei uniformierten Polizisten vorgefahren. Inspektor Martin stand auf und tippte seinem Gefangenen auf die Schulter. »Es ist Zeit, wir müssen aufbrechen.«

»Kann ich sie davor nicht noch sehen?«

»Tut mir leid, sie ist nicht bei Bewußtsein.« Und dann wandte er sich zum Abschied an Holmes: »Mr. Holmes, ich wünsche nur, sollte ich jemals wieder einen so schwierigen Fall bearbeiten, daß ich Sie auch dann bei mir habe.«

Wir standen am Fenster und sahen dem davonfahrenden Wagen nach. Als ich mich umdrehte, fiel mein Blick auf das zerknüllte Papier, das der Verhaftete auf dem Tisch zurückgelassen hatte. Es war der Brief meines Freundes Sherlock Holmes.

»Versuch einmal, ob du ihn entziffern kannst«, sagte er lächelnd.

Er enthielt kein einziges geschriebenes Wort, nur eine Reihe ›Tanzender Männchen‹:

»Wenn du meinen Schlüssel benutzt«, sagte er, »wirst du sehen, daß dies lediglich heißt: ›Come here at once‹, also: ›Komm sofort her!‹ Ich wußte, daß er dieser Aufforderung nicht widerstehen würde, denn er konnte nicht ahnen, daß sie von jemand anderem als von der Lady stammt. Und so, mein lieber Watson, haben wir zum Schluß die ›Tanzenden Männchen‹ in den Dienst der Gerechtigkeit gestellt, nachdem sie so lange der Niedertracht gehorcht haben. Und mein Versprechen, glaube ich, habe ich auch erfüllt und dir einen nicht ganz alltäglichen Fall für deine Sammlung geliefert. 14.43 Uhr geht unser Zug, ich denke, wir können zum Dinner in der Baker Street sein.«

Nur noch ein Wort zum Abschluß:

Abe Slaney wurde während der Winter-Gerichtsperiode zum Tode verurteilt, dann jedoch, wegen der erwiesenen Tatsache, daß Hilton Cubitt den ersten Schuß abgegeben hatte, zu einer längeren Zuchthausstrafe begnadigt.

Über Mrs. Cubitt kann ich nur vom Hörensagen berichten. Sie ist wieder völlig gesund, hat aber nicht noch einmal geheiratet. Ihr Leben ist der Sorge um die Armen gewidmet.

Der Schwarze Peter

Ich glaube, ich habe meinen Freund noch nie besser in Form
gesehen, geistig und körperlich, als im Jahr 1895. Seine wach-
sende Berühmtheit brachte ihm immer mehr Aufträge ein, doch
ich würde mich der Indiskretion schuldig machen, wollte ich die
Namen all der prominenten Persönlichkeiten nennen, die über
unsere bescheidene Schwelle in der Baker Street geschritten
sind. Wie jeder wirkliche Künstler, gab sich Holmes seinem Beruf um der Kunst willen hin, und so habe ich, ausgenommen
den Fall des Duke of Holdernesse, ihn selten ein hohes Honorar
für seine unschätzbaren Dienste verlangen sehen. Ob nun aus
Uneigennutz oder aus Laune, jedenfalls verweigerte er oft den
Reichen und Mächtigen seine Hilfe, wenn deren Sorgen ihn
nicht berührten, während er Wochen um Wochen angestrengte-
ster Arbeit für irgendeinen armen Schlucker opferte, dessen Fall
jene besonderen Gefahrenmomente zeigte, die seine Einbil-
dungskraft reizten und seinen ganzen Scharfsinn herausforder-
ten. In dem denkwürdigen Jahr 1895 hatten ihn eine Reihe von
interessanten und von einander sehr verschiedenen Fällen beschäftigt. Da gab es einmal den überraschenden Tod Kardinal
Toscas, und dann die Festnahme Wilsons, des bekannten Kana-
rienvogelzüchters, wodurch endlich ein Schandfleck im East End
Londons beseitigt wurde. Unmittelbar darauf folgte die Affäre
von Woodman's Lee, der Tod Kapitän Peter Careys, womit
ich die vorliegende kleine Sammlung abschließen möchte.

In der ersten Juliwoche war mein Freund so oft und so lange
außer Haus, daß ich bald merkte, er war wieder einem Verbrechen auf der Spur. Da während dieser Zeit einige grob-
schlächtige Männer erschienen und nach Kapitän Basil fragten,
schloß ich, daß er wieder einmal in einer seiner zahlreichen Ver-
kleidungen und unter falschem Namen arbeitete. Er hatte min-

134

destens fünf kleine Absteigequartiere in den verschiedenen Teilen Londons, wo er sich beliebig verwandeln konnte. Er erzählte mir nichts von seinem augenblicklichen Unternehmen, und es war nicht meine Art, ihn auszufragen. Der erste Hinweis, den ich bekam, war höchst sonderbar. An diesem Tag hatte er das Haus schon vor dem Frühstück verlassen. Ich saß gerade beim Morgenkaffee, als er plötzlich im Zimmer erschien, den Hut auf dem Kopf und einen riesigen Speer oder eine Harpune wie einen Regenschirm unter den Arm geklemmt.

»Heiliger Himmel, Holmes!« rief ich. »Du bist doch nicht etwa mit diesem Ding da quer durch London spaziert?«

»Ich bin nur zum Metzger gefahren und wieder hierher.«

»Höre ich recht: zum Metzger?«

»Ja, so ist es. Und jetzt habe ich einen gesegneten Appetit. Aber das will ich dir sagen, lieber Watson: Nichts ist gesünder, als körperliche Betätigung vor dem Frühstück. Ich wette allerdings, du wirst nicht raten, worin sie bestanden hat.«

»Ich versuch's erst gar nicht.«

Er lachte herzlich, während er sich Kaffee einschenkte.

»Wenn du in Allardyce's Laden hättest blicken können, wäre dir im Hintergrund ein totes Schwein aufgefallen, das an einem Haken baumelte, und daneben ein Gentleman in Hemdsärmeln, der mit diesem Instrument hier verbissen auf das arme Tier losging. Der energiegeladene Herr war ich, und ich konnte zu meiner Befriedigung feststellen, daß ich auch beim Aufbieten all meiner Kräfte das Tier nicht mit einem einzigen Stoß durchbohren konnte. Vielleicht möchtest du es auch einmal versuchen?«

»Gott schütze mich davor! Aber wozu das Ganze?«

»Nun, ich dachte dabei an den Fall von Woodman's Lee, weißt du? — Ach, Sie sind's, Hopkins! Ich bekam Ihr Telegramm gestern abend und hab' Sie schon erwartet. Kommen Sie, frühstücken Sie mit uns.«

Unser Besucher war ein quicklebendiger Mann von etwa dreißig Jahren. Obwohl er einen schlichten Tweedanzug trug, konnte man seiner Haltung ansehen, daß er an eine Uniform gewöhnt war. Ich erkannte ihn sofort: Das war Stanley Hopkins,

135

der junge Polizeibeamte, auf den Holmes große Hoffnungen setzte und der seinerseits die wissenschaftlichen Methoden seines berühmten Lehrers bewunderte. Doch Hopkins' Stirn war umwölkt, und er machte einen ausgesprochen niedergeschlagenen Eindruck.

»Vielen Dank, Sir, ich habe schon gefrühstückt, ehe ich aufbrach. Ich mußte gestern Bericht erstatten, und da bin ich gleich in der Stadt geblieben.«

»Und was konnten Sie berichten?«

»Fehlschläge, Sir – absolute Fehlschläge.«

»Sie sind inzwischen nicht weitergekommen?«

»Nicht einen Schritt.«

»Na, dann muß ich mich der Sache wohl ein wenig annehmen.«

»Oh, ich wünsche mir ja nichts sehnlicher, Mr. Holmes! Denn sehen Sie: Das ist mein erster großer Fall, und ausgerechnet da weiß ich nicht ein noch aus. Ich flehe Sie an, kommen Sie mit und stehen Sie mir bei!«

»Schon gut, schon gut, mein Junge. Zufällig habe ich bereits alle Berichte über die Zeugenaussagen und alles andere gelesen. Übrigens, was haben Sie mit dem Tabaksbeutel angefangen? Bietet er keine Anhaltspunkte?«

Hopkins sah überrascht auf.

»Der Beutel gehört doch dem Mann selbst, Sir. Wir fanden seine Initialen im Innenleder. Er ist aus Seehundsfell, und der Tote war alter Seemann.«

»Aber er hatte keine Pfeife.«

»Das stimmt, Sir, er rauchte so gut wie gar nicht. Vermutlich hat er den Tabak für seine Freunde bereitgehalten.«

»Sicher, ich erwähne das nur, weil ich diesen Umstand zum Ausgangspunkt meiner Untersuchungen gemacht hätte. Na, wie auch immer – mein Freund Dr. Watson kennt den Fall übrigens noch gar nicht. Wir würden gern einen chronologischen Bericht der Ereignisse hören.«

Stanley Hopkins zog einen Zettel aus der Tasche.

»Ich hab hier ein paar Notizen über die Laufbahn des toten Kapitäns Peter Carey. Er wurde 1845 geboren, war also fünfzig

136

Jahre alt; ein äußerst verwegener und geschickter Robben- und Walfischjäger. Im Jahre 1883 befehligte er den Walfisch-Dampfer *Sea Unicorn* aus Dundee. Nach mehreren erfolgreichen Fahrten musterte er im folgenden Jahr ab. Eine Zeitlang trieb er sich in der Welt herum und kaufte schließlich einen kleinen Grundbesitz: Woodman's Lee bei Forest Row in Sussex. Er hat dort sechs Jahre gelebt, und dort ist er vor acht Tagen gestorben.

Er war ein sonderbarer Mensch, dieser Kapitän. Für gewöhnlich streng puritanisch, wortkarg und finster. Sein Haushalt bestand aus ihm, seiner Frau, seiner zwanzigjährigen Tochter und zwei weiblichen Dienstboten. Diese wechselten ständig, denn die Verhältnisse im Hause waren nie angenehm, von Zeit zu Zeit wurden sie sogar unerträglich. Der Mann war Quartalssäufer, und wenn es ihn wieder einmal gepackt hatte, führte er sich wie der leibhaftige Teufel auf. Man spricht davon, daß er mehr als einmal Frau und Tochter mitten in der Nacht aus dem Bett gejagt und so lange durch den Garten gepeitscht hat, bis ihre Schreie die ganze Nachbarschaft aufweckten.

Einmal mußte er sogar vor Gericht, weil er einen alten Vikar, der ihm ins Gewissen zu reden versuchte, angegriffen hatte. Kurz, Sie müßten weit suchen, um einen brutaleren Kerl als diesen Peter Carey zu finden. Auf seinem Schiff soll er sich genauso benommen haben. Seine Kollegen nannten ihn den ›Schwarzen Peter‹, und das nicht nur wegen seines dunklen Teints und mächtigen schwarzen Bartes, sondern auch wegen dieses wilden, unberechenbaren Temperaments, das ihn zum Schrecken seiner Umgebung machte. Es erübrigt sich fast zu erwähnen, daß er von allen Nachbarn gehaßt und gemieden wurde. Von keinem habe ich auch nur ein einziges Wort des Bedauerns über sein schreckliches Ende gehört.

Sie werden sicher auch von seiner ›Kajüte‹ gelesen haben, Mr. Holmes, aber vielleicht weiß Ihr Freund noch nichts darüber: Der Kapitän hatte sich nämlich in einiger Entfernung vom Haus eine kleine Hütte gezimmert, die er ›Kajüte‹ nannte und in der er zu schlafen pflegte. Diese winzige Hütte hatte nur einen einzigen Raum, fünf mal drei Meter im Quadrat. Den

Schlüssel trug er stets bei sich, machte sein Bett selbst, hielt auch alles in Ordnung und erlaubte keinem anderen, seinen Schlupfwinkel zu betreten. Auf der Vorder- und Rückseite der Kajüte gab es je ein Fenster, sie wurden nie geöffnet und waren immer verhängt. Eines ging auf die Straße zu, und wenn nachts Licht im Zimmer brannte, machten die Leute sich gegenseitig darauf aufmerksam und rätselten, was wohl der Schwarze Peter dort triebe. Dieses Fenster, Mr. Holmes, lieferte uns bisher einen der wenigen Anhaltspunkte.

Sie erinnern sich wohl noch, daß zwei Tage vor dem Mord, nachts gegen ein Uhr, der Steinmetz Slater, der vom Row-Wald kam, stehenblieb, als er zwischen den Bäumen Licht sah. Er schwört, das Profil eines Männerkopfes deutlich durch den Vorhang erkannt zu haben, es sei aber bestimmt nicht der Umriß Peter Careys gewesen, den er gut kannte. Der Mann hatte zwar auch einen Bart, aber im Gegensatz zu dem Kapitän einen kurzen, der außerdem ganz anders abstand. Das war seine Aussage; allerdings kam er in der Nacht gerade vom Wirtshaus, wo er zwei Stunden zugebracht hatte, und das Fenster liegt in einiger Entfernung vom Weg. Das war am Montag, der Mord wurde jedoch am Mittwoch verübt.

Am Dienstag hatte Peter Carey einen seiner schlimmsten Anfälle, er trank pausenlos und führte sich wie ein wildes Tier auf. Dann strich er ums Haus herum, so daß die Frauen flohen, als sie ihn hörten. Erst am späten Abend zog er sich in seinen Verhau zurück. Um zwei Uhr in der Nacht hörte seine Tochter, die bei offenem Fenster schlief, einen gräßlichen Schrei aus dieser Richtung. Aber da er im Suff häufig brüllte und lärmte, achtete sie nicht weiter darauf. Als eines der Dienstmädchen morgens um sieben aufstand, bemerkte es, daß die Tür der Kajüte offen stand. Aber alle lebten in solcher Angst vor ihm, daß bis Mittag niemand es wagte, nachzusehen, was mit ihm los war. Als sie dann schließlich später durch die offene Tür in den Raum schauten, bot sich ihnen ein solcher Anblick, daß sie totenblaß ins Dorf liefen. Innerhalb einer Stunde war ich an Ort und Stelle und nahm den Fall in die Hand.

Nun, ich habe ziemlich gute Nerven, Mr. Holmes, das wissen

Sie, aber ich bekam doch einen Schock, als ich die Kajüte betrat: die Schmeißfliegen summten, als spielte ein Harmonium, Wände und Fußboden erinnerten an ein Schlachthaus. Carey hatte seine Hütte ›Kajüte‹ genannt, und das war ein treffender Name, denn man kam sich wirklich wie auf einem Schiff vor. An einem Ende des Raumes war eine Schlafkoje, ferner eine Seemannskiste, an den Wänden Land- und Seekarten und auch ein Bild der *Sea Unicorn;* auf einem Wandbrett standen mehrere Logbücher aufgereiht: alles genauso, wie man es sich in einer Kapitänskabine vorstellt. Und da, zwischen all diesem Kram, stand auch der Kapitän selbst: das Gesicht verzerrt wie das einer armen Seele in höllischer Folter, der Bart starrte gesträubt in die Luft. Mitten durch die mächtige Brust des Schwarzen Peters hatte jemand eine Harpune gejagt; mit solcher Gewalt, daß sie noch tief hinter ihm in der Wand steckte. Er war aufgespießt wie ein Käfer auf einem Karton. Natürlich lebte er nicht mehr, und das schon seit dem Augenblick in der Nacht, als er seinen letzten gellenden Schrei ausgestoßen hatte.

Ich weiß, wie Sie vorgehen, Sir, und ich versuchte, es ebenso zu machen. Ehe ich also etwas berühren ließ, untersuchte ich sorgfältig den Boden, draußen und innen, fand aber keinerlei Fußspuren.«

»Sie meinen, Sie sahen keine?«

»Ich schwöre Ihnen, es waren keine da!«

»Mein lieber Hopkins, ich habe schon eine ganze Reihe von Verbrechen untersucht und doch bis heute noch nicht erlebt, daß eines von einem fliegenden Fabelwesen verübt wurde. Solange sich unsere Täter noch auf zwei Beinen bewegen, müssen auch irgendwelche Spuren da sein — und seien es nur Schrammen, eine geringfügige Unordnung oder sonst eine Kleinigkeit, die der scharfe Beobachter wahrnimmt. Es ist doch einfach unvorstellbar, daß der blutbesudelte Raum nichts enthielt, was uns weiterhelfen könnte. Aus dem Bericht habe ich immerhin entnommen, daß da ein paar Dinge waren, die Sie übersehen haben.«

Der junge Inspektor zuckte bei dieser Bemerkung meines Freundes zusammen.

»Es war blödsinnig von mir, Sie nicht gleich hinzuzuziehen, Mr. Holmes. Na ja, vergossener Milch soll man keine Träne nachweinen. Ja, Sie haben recht, es gab da ein paar Dinge in dem Raum, die man hätte beachten müssen. Zunächst die Harpune, das Mordinstrument. Sie ist von der Wand heruntergerissen worden. Man sah die leere Stelle zwischen zwei anderen. Im Schaft war eingeritzt: ›S.S. Sea Unicorn, Dundee‹. Das bestätigt die Theorie, daß der Mord im Affekt geschah und der Täter nach der erstbesten Waffe gegriffen hatte. Der Umstand, daß der Mord zwischen ein und zwei Uhr in der Nacht verübt worden ist und Peter Carey noch völlig bekleidet gewesen war, läßt auf eine Verabredung mit dem Mörder schließen; das wird noch von dem Umstand bestätigt, daß eine Flasche Rum und zwei gebrauchte Gläser auf dem Tisch standen.«

»Gewiß«, sagte Holmes, »ich halte beide Folgerungen für zulässig. Fand man außer dem Rum noch anderen Alkohol im Zimmer?«

»Ja, den gab es. Auf der Seemannskiste stand noch eine Karaffe mit Brandy und eine Flasche Whisky. Aber das ist für uns nicht von Bedeutung, da beides nicht angebrochen war.«

»Da bin ich keinesfalls Ihrer Meinung«, meinte Holmes. »Aber berichten Sie zunächst einmal weiter, erzählen Sie von den Gegenständen, von denen Sie glauben, sie könnten eine Rolle spielen.«

»Nun, da war zunächst dieser Tabaksbeutel, der auf dem Tisch lag.«

»Wo lag er genau?«

»In der Mitte. Er war aus glattem Seehundsfell, mit einem ledernen Durchzugband. Innen fanden wir, wie Sie ja wissen, die Buchstaben P. C. Er enthielt nur wenig Tabak, etwa eine halbe Unze, übrigens eine sehr scharfe Schiffstabaksorte.«

»Ausgezeichnet. Sonst noch etwas?«

Stanley Hopkins zog ein schmutziges Notizbuch aus der Tasche; der Einband war abgenutzt und das Papier vergilbt.

Auf der ersten Seite standen die Initialen J. H. N., daneben die Jahreszahl 1883. Holmes legte es auf den Tisch und untersuchte es sorgfältig, während wir ihm über die Schulter guckten. Auf der zweiten Seite stand C. P. R., darauf folgten mehrere Seiten mit Zahlen. Es gab noch andere Überschriften: Argentinien, Costa Rica, Sao Paulo — und jeder folgten wieder Seiten mit Notizen und Zahlen.

»Was halten Sie davon?« fragte Holmes.

»Es scheinen Listen von Börsenpapieren zu sein. Die Buchstaben J. H. N. könnten die Initialen des Makler und C. P. R. die des Kunden bedeuten.«

»Probieren Sie es doch mal mit ›Canadian Pacific Railways‹«, riet Holmes.

Hopkins murmelte einen Fluch zwischen den Zähnen und schlug sich mit der Hand auf die Stirn.

»Wie konnte ich nur so dämlich sein!« rief er. »Natürlich, das ist es! Dann bleibt nur noch ›J. H. N.‹ zu enträtseln. Ich habe bereits die alten Börsenberichte durchgeackert, konnte aber weder auf der Börse noch unter den nicht zugelassenen Maklern aus dem Jahre 1883 einen finden, dessen Initialen diesen entsprechen würden. Und trotzdem, ich habe das Gefühl, das ist meine wichtigste Spur. Sie müssen doch zugeben, Sir, daß diese Initialen dem zweiten Mann gehören könnten, dem Mörder also. Außerdem möchte ich behaupten, daß der Einblick in dieses Heft, das so viele Wertpapiere verzeichnet, uns zum erstenmal einen Hinweis auf das mögliche Tatmotiv liefert.«

Man konnte Holmes vom Gesicht ablesen, daß ihn die neue Wendung aus dem Konzept brachte.

»Ich muß Ihnen in beiden Punkten zustimmen«, sagte er. »Das Auftauchen des Notizbuches, das bei der Untersuchung nicht erwähnt wurde, wirft meine sämtlichen bisherigen Vermutungen über den Haufen. Es verträgt sich in keiner Weise mit der Theorie, die ich mir gebildet hatte. Haben Sie schon versucht, die genannten Wertpapiere aufzufinden?«

»Meine Leute sind gerade dabei. Ich fürchte allerdings, das vollständige Verzeichnis der Aktionäre wird in Südafrika sein.

141

Da können Wochen vergehen, ehe wir über die einzelnen Anteilscheine mehr erfahren.«

Holmes betrachtete den Einband des Notizbuches durch seine Lupe.

»Sehen Sie mal her, das ist doch offensichtlich ein Fleck«, sagte er schließlich.

»Ja, Sir, und zwar Blut. Ich erzählte Ihnen ja, daß ich das Ding vom Boden aufgehoben habe.«

»Auf welcher Seite war da der Blutfleck, oben oder unten?«

»Unten, zum Fußboden hin.«

»Dann beweist das, daß das Buch nach dem Mord herunterfiel.«

»Das sagte ich mir auch, Sir, und folgerte, daß der Mörder es auf seiner überstürzten Flucht fallengelassen hat. Es lag gleich neben der Tür.«

»Von diesen Aktien hat man wohl keine unter den Sachen des Toten gefunden?«

»Nein, keine.«

»Könnte man einen Raubmord vermuten?«

»Nein, es scheint nichts zu fehlen.«

»Na, das ist wirklich ein verzwickter Fall. Aber hören Sie, es gab da doch auch noch ein Messer, nicht wahr?«

»Ja, ein Dolchmesser, es steckte noch in der Scheide. Man fand es zu seinen Füßen, und Mrs. Carey identifizierte es als Eigentum ihres Mannes.«

Holmes überlegte einen Augenblick.

»Tja«, sagte er dann, »es hilft nichts. Ich muß hinausfahren und mir das Ganze ansehen.«

Stanley Hopkins seufzte erleichtert auf.

»Ich danke Ihnen, Sir, Sie nehmen mir eine Zentnerlast vom Herzen.«

Holmes drohte leicht mit dem Finger: »Vor einer Woche hätte ich es bedeutend leichter gehabt, alter Freund. Aber immerhin, ganz umsonst wird mein Besuch auch jetzt nicht sein. Watson — wenn du deine Zeit opfern könntest: Ich wäre dir für deine Begleitung dankbar. Bitte, Hopkins, bestellen Sie

142

inzwischen schon einen Wagen. In einer Viertelstunde sind wir bereit zur Fahrt nach Forest Row.«

Einige Meilen lang fuhren wir durch die Überbleibsel der einst gewaltigen Wälder, eines Teils des ›Sachsenwaldes‹, der die normannischen Eroberer so lange abgehalten und den Briten 60 Jahre lang als Bollwerk gedient hatte. Inzwischen sind weite Strecken abgeholzt worden. Hier entstanden damals die ersten Eisenhütten, und das Holz der alten Bäume diente dazu, das Erz zu schmelzen. Längst haben inzwischen die reichen Eisenfelder des Nordens den Markt erobert, und heute zeugen nur noch die nackten Waldflächen und die tiefen Gruben von vergangenen Zeiten. Und hier, auf der Lichtung am Fuß eines grünen Hanges, stand ein langgestrecktes, niedriges Haus, etwas abseits von einem gewundenen Weg; näher am Weg, an drei Seiten von Sträuchern umrahmt, ein kleines Gebäude, das uns eine Tür und ein Fenster zuwandte. Das war der Schauplatz des Mordes: die Kajüte.

Hopkins führte uns zuerst ins Haupthaus, wo er uns einer verhärmt aussehenden älteren Frau vorstellte, der Witwe des Toten. Ihr hageres, von tiefen Furchen durchzogenes Gesicht und die versteckte Angst in den rotgeränderten Augen sprachen beredter von den Jahren des Leidens und der Mißhandlungen, als Worte es vermocht hätten. Auch die Tochter war da, ein blasses, blondes Mädchen, das uns trotzig anblickte und erklärte, sie sei froh, daß Ihr Vater tot wäre und sie wolle die Hand segnen, die das getan hatte. Es lastete eine drückende Atmosphäre auf dem Haus Peter Careys, und wir atmeten auf, als wir wieder draußen in der Sonne waren und über den Pfad, den die Füße des toten Kapitäns ausgetreten hatten, auf die Hütte zuschritten.

Diese Kajüte war wirklich die primitivste Behausung, die man sich vorstellen konnte: Holzwände, ein einfaches Dach, ein Fenster neben der Tür, eins auf der Rückseite. Der junge Inspektor holte den Schlüssel aus seiner Tasche und wollte gerade aufschließen, als er plötzlich verblüfft innehielt.

»Hier hat sich jemand an der Tür zu schaffen gemacht«, sagte er.

Darüber konnte in der Tat kein Zweifel bestehen. Das Holz war zum Teil zersplittert, und Kratzer zogen sich über den hellen Anstrich, so frisch, als seien sie eben erst entstanden. Holmes untersuchte das Fenster.

»Auch hier hat jemand sein Glück versucht«, sagte er. »Wer es auch war, es ist ihm nicht gelungen. Ein Neuling also.«

»Sehr merkwürdig«, sagte Hopkins kopfschüttelnd. »Ich könnte schwören, daß diese Spuren gestern abend noch nicht da waren.«

»Vielleicht ein neugieriger Nachbar«, schlug ich vor.

»Ziemlich ausgeschlossen. Es gibt nur wenige, die es überhaupt wagen würden, das Gelände zu betreten, geschweige denn, mit Gewalt in die Kajüte einzudringen. Was halten Sie davon, Mr. Holmes?«

»Ich habe das Gefühl, Fortuna meint es gut mit uns.«

»Sie meinen, er wird wiederkommen?«

»Das ist sehr wahrscheinlich. Denn sehen Sie mal: Er hatte gehofft, die Tür unverschlossen vorzufinden — er versuchte darauf, sie mit einem flachen Taschenmesser aufzubekommen, und hatte wieder kein Glück. Was ist also das Nächstliegende?«

»Daß er in der kommenden Nacht mit einem geeigneteren Instrument ans Werk geht.«

»Das glaube ich auch, und wir sind selbst schuld, wenn wir ihn dann nicht fassen. Aber lassen Sie mich jetzt das Innere der Kajüte in Augenschein nehmen.«

Die schlimmsten Spuren des Verbrechens hatte man entfernt, die Einrichtung war jedoch noch genauso wie in der Schreckensnacht. Zwei Stunden lang untersuchte Holmes mit äußerster Konzentration jeden einzelnen Gegenstand im Raum. Aus seinem Gesicht las ich, daß er nicht gerade viel gefunden hatte. Nur einmal unterbrach er seine Arbeit.

»Haben Sie etwas von diesem Bord entfernt, Hopkins?« fragte er.

»Nein, nicht das geringste, Sir.«

»Aber es fehlt etwas. Hier ist weniger Staub als an anderen

Stellen. Es könnte ein Buch, vielleicht eine schmale Schachtel gewesen sein. Nun ja, mehr ist hier im Augenblick für mich nicht zu tun. Komm, Watson, laß uns ein paar Stunden im Wald verbringen; Blumen und Vögel haben wir in London schließlich nicht alle Tage. Wir sehen Sie dann später hier wieder, Hopkins. Vielleicht gelingt es uns, den Herrn, der letzte Nacht hier war, etwas näher kennenzulernen.«

Es war schon nach elf Uhr abends, als wir unseren Hinterhalt bezogen. Hopkins wollte die Tür zur Kajüte unverschlossen lassen, aber Holmes meinte, das könnte den Eindringling mißtrauisch machen. Das Schloß hatte eine ganz einfache Konstruktion, man brauchte nicht mehr als ein kräftiges Messer, um es zu öffnen. Dann machte Holmes den Vorschlag, wir sollten nicht im Inneren der Hütte, sondern zwischen den Büschen beim hinteren Fenster warten. Auf diese Weise könnten wir den Raum übersehen, wenn der Fremde Licht machte, und feststellen, was er mit dem heimlichen nächtlichen Besuch eigentlich bezweckte.

Die Nachtwache wurde lang und trübsinnig, und doch fühlten wir etwas von dem Fieber, das den Jäger erfaßt, wenn er bei der Tränke auf der Lauer liegt und das durstige Raubtier erwartet. Welches Wild würde uns wohl aus der Dunkelheit anschleichen? Ein mörderischer Tiger, der sich nach wildem Kampf mit Zähnen und Klauen überwältigt gibt, oder ein feiger Schakal, der nur dem Schwachen und Wehrlosen gefährlich wird?

Lautlos hockten wir unter den Büschen und warteten. Zunächst brachten uns die Schritte einiger Nachtbummler und der Laut ferner Stimmen aus dem Dorf etwas Zerstreuung, aber nach und nach erstarben auch diese Geräusche, und uns umgab vollkommene Stille. Nur der Klang der fernen Kirchenglocke zeigte ab und zu die verrinnende Zeit an, und der feine Nieselregen klopfte und rauschte auf das Laubwerk, unter dem wir hockten.

Es hatte gerade halb drei Uhr geschlagen — die dunkelste Stunde, die der Morgendämmerung vorausgeht —, als wir zusammenzuckten: Wir hatten vom Gartentor her ein Geräusch gehört. Jemand war auf dem Weg! Längere Zeit blieb alles wieder ruhig, und ich dachte schon, es sei falscher Alarm gewesen, als wir vorsichtige Schritte auf der anderen Seite der Hütte hörten und kurz darauf ein metallisches Knirschen. Der Mann versuchte also, das Schloß aufzubrechen. Entweder war diesmal sein Instrument geeigneter oder er selbst geschickter, jedenfalls hörten wir bald danach ein Schnappen und das Quietschen der Türangeln. Ein Streichholz wurde angerissen, und im nächsten Augenblick beleuchtete der ruhige Schein einer Kerzenflamme die Szene. Durch die dünnen Vorhänge konnten wir alles sehen, was im Zimmer geschah.

Der nächtliche Besucher war ein magerer junger Mann. Der schwarze Schnurrbart betonte noch die Blässe seines Gesichts. Er konnte kaum älter als zwanzig Jahre alt sein. Ich glaube, ich hatte noch nie zuvor einen Menschen in einem solchen Zustand der Angst gesehen: Seine Zähne schlugen aufeinander, und er zitterte sichtlich am ganzen Körper. Er war wie ein Gentleman gekleidet, trug ein Norfolk-Jackett, Knickerbocker und eine Tuchmütze. Ständig blickte er sich ängstlich um. Schließlich klebte er die Kerze auf dem Tisch fest und entschwand in eine Ecke und damit unseren Blicken. Als er wieder auftauchte, hielt er ein dickes Buch in den Händen, eines der Logbücher aus der Reihe auf dem Bord. Den Ellbogen auf den Tisch gestützt, blätterte er hastig die Seiten um, bis er anscheinend die Stelle gefunden hatte, die er suchte. Wir sahen, wie er wütend die Faust ballte, das Buch zuschlug und wieder zurückbrachte; darauf blies er die Kerze aus. Er war noch nicht ganz aus der Tür, da hörte ich seinen Entsetzensschrei: Hopkins' Hand hatte ihn am Kragen gepackt. Die Kerze wurde wieder angezündet, und wir bekamen unseren Gefangenen zu Gesicht, wie er sich zitternd unter dem Griff des Inspektors wand. Schließlich sank er auf die Seekiste und blickte uns hilflos an.

»Nun, Freundchen«, sagte Inspektor Hopkins grimmig, »vielleicht wollen Sie mir erklären, wer Sie sind und was Sie hier suchen?«

Der junge Mann riß sich zusammen und gab sich offensichtlich alle Mühe, uns mit Fassung anzusehen.

»Sie sind wohl von der Polizei?« fragte er. »Sicher denken Sie, ich hätte etwas mit dem Mord an Kapitän Carey zu tun. Aber ich schwöre Ihnen, ich bin unschuldig!«

»Darüber reden wir später«, sagte Holmes. »Zunächst aber: Wie heißen Sie?«

»Ich bin John Hopley Neligan.«

Ich bemerkte, wie Holmes und Hopkins einen kurzen Blick tauschten.

»Und was haben Sie hier zu suchen?«

»Darf ich inoffiziell mit Ihnen sprechen?«

»Nein, keinesfalls.«

»Dann — warum soll ich Ihnen überhaupt etwas sagen?«

»Wenn Sie keine Erklärung für Ihr Verhalten haben, wird es Ihnen vor Gericht vermutlich nicht allzu gut ergehen.«

Der junge Mann fuhr zusammen.

»Gut«, entschloß er sich endlich, »dann will ich sprechen. Warum eigentlich nicht? O Gott, daß diese alte Geschichte jetzt wieder aufgerührt werden soll! Haben Sie jemals von Dawson & Neligan gehört?«

Von Hopkins' Gesicht konnte ich ablesen, daß er keine Ahnung hatte. Holmes zeigte hingegen lebhaftes Interesse.

»Sie meinen die Bankfirma im Westen des Landes?« fragte er. »Sie machte mit einer Million Pfund bankrott und ruinierte damit die meisten Familien Cornwalls. Der Teilhaber Neligan verschwand.«

»Ja, so ist es. Dieser Neligan war mein Vater.«

Endlich erfuhren wir etwas. Aber wo war die Beziehung zwischen einem durchgebrannten Bankier und Kapitän Peter Carey, der mit seiner eigenen Harpune an die Wand gespießt worden war? Wir alle hörten dem jungen Mann gespannt zu.

»Der wirklich Betroffene war mein Vater; Dawson war bereits im Ruhestand. Obwohl ich damals erst zehn Jahre alt war, konnte ich doch die Schande empfinden. Alle haben behauptet, mein Vater habe die Aktien gestohlen und sei mit ihnen geflohen. Aber das ist nicht wahr. Er war fest überzeugt, daß er — mit ein wenig Aufschub — noch alles in Ordnung gebracht und alle Gläubiger befriedigt hätte. Gerade bevor der Haftbe-

147

fehl ausgestellt worden war, fuhr er mit seiner kleinen Jacht
nach Norwegen. Ich erinnere mich noch genau, wie er am letzten
Abend meiner Mutter Lebewohl sagte. Er ließ eine Liste der
Aktien, die er mitnehmen wollte, zurück und schwor uns, er
würde als ein Mann mit fleckenloser Weste zurückkehren; keiner, der ihm vertraut hatte, sollte etwas einbüßen. Seitdem
haben wir nichts mehr von ihm gehört. Er und die Jacht verschwanden. Meine Mutter und ich dachten, er läge mit all
den Papieren auf dem Grund des Meeres. Wir haben einen
guten Freund, er ist Geschäftsmann, und er entdeckte vor
einiger Zeit, daß mehrere der Wertpapiere, die mein Vater mit
sich genommen hatte, auf dem Londoner Markt kursieren. Sie
können sich vielleicht vorstellen, wie überrascht wir waren. Ich
brauchte Monate, um ihre Spur zurückzuverfolgen, und schließlich, nach vielen Fehlschlägen und Mühen, machte ich ausfindig,
daß der ursprüngliche Verkäufer ein gewisser Kapitän Peter
Carey war, der Besitzer dieser Hütte.

Natürlich holte ich Erkundigungen über den Mann ein. Ich
erfuhr, daß er ausgerechnet zu der Zeit, als mein Vater unterwegs nach Norwegen war, einen Walfischfänger befehligt hatte,
der aus den arktischen Gewässern zurückkam. Der Herbst damals war sehr stürmisch, besonders aus dem Süden waren
ständig Winde aufgezogen. Es war also nicht ausgeschlossen,
daß die Jacht meines Vaters abgetrieben und weiter nördlich
mit Kapitän Careys Schiff zusammengetroffen war. Wenn das
stimmen sollte — was ist dann aus meinem Vater geworden?
Ich sagte mir jedenfalls: Wenn es mir gelänge, von Peter Carey
zu erfahren, wie diese Aktien auf den Markt gelangt sind, wäre
ich imstande zu beweisen, daß nicht mein Vater sie verkauft
und sie folglich auch damals nicht aus Profitgier mitgenommen
hatte. Ich traf in Sussex ein, um mit dem Kapitän zu sprechen,
aber da war er gerade auf so furchtbare Weise umgekommen.
In den Zeitungsberichten las ich, wie seine Kajüte aussah, und
daß sich dort seine alten Logbücher befanden. Ich dachte mir,
wenn ich herausfinden könnte, was im August 1883 an Bord
der *Sea Unicorn* geschehen ist, würde es mir auch gelingen,
festzustellen, wie mein Vater ums Leben kam. Ich versuchte

148

schon gestern nacht, an die Bücher heranzukommen, aber die Tür brachte ich nicht auf. Heute nacht hatte ich mehr Glück — oder auch nicht, denn die Seiten, die jenen Unglücksmonat betreffen, sind herausgerissen worden. Ja, und da war ich auch schon Ihr Gefangener.«

»Ist das alles?« fragte Holmes.

»Ja, das ist alles«, sagte der junge Mann und schlug dabei die Augen nieder.

»Sie haben also nichts weiter hinzuzufügen?«

Er zögerte unmerklich, wiederholte dann aber: »Nein.«

»Vorgestern abend sind Sie also nicht hier gewesen?«

»Nein.«

»Wollen Sie mir dann bitte erklären, was das hier ist?« brüllte Hopkins und hielt unserem Gefangenen das vermaledeite Notizbuch mit seinen Initialen auf der ersten Seite und dem Blutfleck auf dem Einband unter die Nase.

Der arme Mensch brach nun völlig zusammen. Er vergrub das Gesicht in den Händen und zitterte wie Espenlaub.

»Wo haben Sie das her?« stöhnte er. »Ich wußte nicht, wo es geblieben war, dachte, ich hätte es im Gasthaus verloren.«

»Das genügt«, sagte Hopkins streng. »Wenn Sie noch etwas zu sagen haben, können Sie das vor Gericht tun. Sie kommen jetzt mit zur Polizeiwache. Ihnen, Mr. Holmes, und Ihrem Freund bin ich sehr zu Dank verpflichtet, daß Sie mir geholfen haben. Wie wir jetzt sehen, hätte ich Sie gar nicht zu bemühen brauchen und den Fall auch allein zu diesem erfolgreichen Abschluß gebracht. Aber trotzdem: meinen herzlichen Dank. Ich habe für Sie Zimmer im Hotel Brambletye reservieren lassen, wir können gemeinsam zum Ort zurückgehen.«

»Nun, Watson, was sagst du dazu?« fragte mich Holmes, als wir am nächsten Morgen wieder heimfuhren.

»Ich merke, daß du nicht zufrieden bist.«

»O doch, mein Lieber. Ich bin völlig im Einklang mit Gott und der Welt. Trotzdem — ich kann Hopkins' Methoden nicht viel abgewinnen; er hat mich enttäuscht, dieser Jüngling, ich hätte mehr von ihm erwartet. Die erste Regel jeder kriminalistischen Untersuchung lautet doch: Suche eine mögliche Erklärung — und wenn du sie hast, so stelle sie wieder in Frage.«

»Und was ist deiner Ansicht nach die richtige Erklärung?«

»Sie ist in der Spur zu finden, die ich selbst verfolgt habe. Zugegeben, sie kann sich als Seifenblase erweisen. Ich weiß es vorläufig noch nicht. Jedenfalls werde ich ihr bis zum Ende nachgehen.«

In der Baker Street erwarteten Holmes mehrere Briefe. Er griff einen heraus, öffnete ihn und lachte triumphierend auf.

»Herrlich, Watson! Unsere Chancen steigen. Hast du Telegrammformulare zur Hand? Sei so gut, schreib was für mich auf: ›Sumner, Schiffsagent, Ratcliff Highway: Brauche morgen früh drei Männer, Basil.‹ So heiße ich dort. Dann: ›Inspektor Stanley Hopkins, 46 Lord Street, Brixton: Erwarte Sie morgen 9.30 zum Frühstück. Dringend. Erbitte telegraphische Nachricht, falls unmöglich. Sherlock Holmes.‹ Tja, Watson, dieser verdammte Fall hat mich schon zehn Tage gekostet. Jetzt ziehe ich den Schlußstrich. So Gott will, werden wir morgen zum letztenmal etwas davon hören.«

Pünktlich zur angegebenen Zeit erschien am nächsten Morgen unser Freund Hopkins. Wir ließen uns zu dem ausgezeichneten Frühstück nieder, das uns Mrs. Hudson vorgesetzt hatte. Der junge Inspektor war in glänzender Laune.

»Sie sind also völlig überzeugt, daß Ihre Lösung die richtige ist?« fragte Holmes kauend.

»Einen klareren Fall kann man sich doch gar nicht vorstellen!«

»Mich überzeugt das Ganze nicht so recht.«

»Sie scherzen, Mr. Holmes. Was verlangen Sie denn sonst noch?«

»Hält Ihre Beweiskette wirklich jedem Zweifel stand?«

»Aber sicher. Ich habe festgestellt, daß der junge Neligan genau am Mordabend im Hotel Brambletye ankam, angeblich, um Golf zu spielen. Sein Zimmer lag im Parterre, so konnte er beliebig und unbemerkt das Haus verlassen. In der fraglichen Nacht ging er nach Woodman's Lee, traf Peter Carey in seiner Kajüte an, geriet mit ihm in Streit und tötete ihn mit der Har-

150

pune. Als ihm klar wurde, was er angerichtet hatte, floh er voller Entsetzen. Dabei verlor er das Notizbuch, das er mitgebracht hatte, um Peter Carey nach den Aktien zu fragen. Vielleicht haben Sie bemerkt, daß einige Eintragungen besonders gekennzeichnet waren, die anderen jedoch, und zwar die überwiegende Zahl, nicht. Die angekreuzten konnten auf der Londoner Börse ermittelt werden; die übrigen waren vermutlich noch im Besitz Careys, und der junge Neligan wollte sie — wie er ja selbst zugab — wiederbekommen, um die Gläubiger seines Vaters zufriedenzustellen. Nach seiner überstürzten Flucht wagte er es zunächst ein paar Tage lang nicht, in die Hütte einzudringen. Schließlich überwand er sich, denn er wollte ja Gewißheit. Das alles ist doch wirklich einfach und überzeugend genug.«

Holmes schüttelte lächelnd den Kopf.

»Diese Geschichte hat nur einen Haken, Hopkins: Sie ist nämlich schlechterdings unmöglich. Haben Sie schon mal versucht, eine Harpune durch einen Körper zu jagen? Nein? Mein werter Herr, Sie sollten wirklich mehr auf Einzelheiten achten. Dr. Watson kann Ihnen bestätigen, daß ich einen ganzen Morgen mit dieser Übung zugebracht habe. Glauben Sie mir, es ist kein einfaches Unterfangen, man braucht schon einen sehr starken und trainierten Arm dazu. Der tödliche Stoß ist mit solcher Gewalt geführt worden, daß die Spitze der Harpune noch ein ganzes Stück in die Wand eindrang. Glauben Sie tatsächlich, der anämische Jüngling verfügt über solche Kräfte? Können Sie sich vorstellen, daß er bis tief in die Nacht mit dem Schwarzen Peter zecht? War es etwa sein Profil, das der Steinmetz zwei Nächte vorher im Fenster gesehen hat? Nein, Hopkins, nein, wir haben es mit einem anderen, viel gefährlicheren Gegner zu tun, und den müssen wir suchen.«

Während Holmes sprach, wurde das Gesicht des Inspektors lang und länger. Seine ehrgeizigen Hoffnungen fielen wie ein Kartenhaus in sich zusammen. Aber er wollte die Position wenigstens nicht ganz kampflos aufgeben.

»Wie auch immer, jedenfalls können Sie nicht abstreiten, daß Neligan in der Mordnacht dort gewesen ist. Das Notizbuch spricht dafür. Ich bin sicher, meine Beweiskette ist stark genug, um die Geschworenen zu überzeugen, sogar wenn es Ihnen gelingen sollte, ein Glied aus dieser Kette herauszureißen. Außerdem: Ich kann meinen Angeklagten vorweisen, wo aber ist Ihr Mann?«

»Ich glaube, er kommt gerade die Treppe herauf«, antwortete Holmes gelassen. »Vielleicht wäre es ganz gut, Watson, wenn du diesen Revolver in Reichweite behältst.« Er stand auf und legte ein beschriebenes Blatt auf ein Seitentischchen.

»Es ist soweit«, sagte er.

Mrs. Hudson kam herein und meldete, draußen seien drei Männer, die zu Kapitän Basil wollten.

»Führen Sie sie bitte nacheinander herein.«

Als erster trat ein kleiner, rotwangiger Kerl mit blonden Haaren und einem flaumigen Backenbart ein. Holmes zog einen Brief aus der Tasche.

»Wie heißen Sie?«

»James Lancaster.«

»Tut mir leid, Lancaster, aber die Mannschaft ist schon vollzählig. Hier haben Sie ein halbes Pfund für Ihre Mühe. Gehen Sie da ins Nebenzimmer und warten Sie ein paar Minuten.«

Der zweite war ein großer, magerer Kerl mit glattem Haar und fahler Gesichtsfarbe. Sein Name lautete Hugh Pattins. Auch er bekam eine Absage, seine zehn Shilling und den Befehl, zu warten.

Dann erschien der dritte: ein breites Bulldoggengesicht in einem Dickicht von Kopf- und Barthaar. Unter dichten, herabhängenden Augenbrauen glühten dunkle, unverschämte Augen.

Er grüßte und blieb auf Seemannsart breitbeinig stehen, während er seine Mütze in den Händen drehte.

»Sie heißen?«

»Patrick Cairns.«

»Sie sind Harpunierer?«

»Jawohl, Sir. Sechsundzwanzig Ausfahrten.«

»Aus Dundee?«

»Jawohl, Sir.«

»Sind Sie bereit, auf einem Forschungsschiff anzuheuern?«

152

»Jawohl, Sir.«

»Was verlangen Sie an Lohn?«

»Acht Pfund den Monat.«

»Können Sie sofort anfangen?«

»Jawohl, Sir, muß nur meine Sachen holen.«

»Haben Sie Ihre Papiere bei sich?«

»Hier sind sie, Sir.« Er zog ein Bündel abgegriffener und fettiger Papiere hervor. Holmes sah sie sich flüchtig an und gab sie ihm zurück.

»Sie sind mein Mann«, sagte er. »Da auf dem Tisch liegt der Vertrag. Unterschreiben Sie, und die Sache ist perfekt.« Der Seemann stampfte durchs Zimmer und ergriff die Feder.

»Hier?« fragte er.

Holmes sah ihm über die Schulter und schob beide Hände plötzlich vor.

»Das genügt bereits«, sagte er.

Ich hörte ein metallisches Geräusch und dann ein Gebrüll wie von einem gereizten Stier. Im nächsten Augenblick wälzten sich die beiden auf dem Boden. Der Seemann verfügte über solche Bärenkräfte, daß er trotz der Handschellen, die Holmes ihm so überraschend angelegt hatte, nahe daran war, meinen Freund zu überwältigen, wären Hopkins und ich nicht zur Hilfe gekommen. Erst als ich ihm den Lauf des Revolvers an die Schläfe preßte, begriff er, daß Widerstand zwecklos war. Nachdem wir ihn auch an den Füßen gefesselt hatten, konnten wir zu Atem kommen.

»Ich muß Sie sehr um Entschuldigung bitten, mein lieber Hopkins«, sagte Holmes. »Ich fürchte, die Rühreier sind inzwischen kalt geworden. Hoffentlich wird der Gedanke daran, wie phantastisch Sie Ihren Fall gelöst haben, Sie darüber trösten. Lassen Sie es sich gut schmecken.«

Stanley Hopkins brachte kein Wort heraus.

»Ich weiß wirklich nicht, was ich sagen soll«, stotterte er schließlich mit rotem Kopf. »Ich glaube, ich habe mich von Anfang an lächerlich gemacht, Mr. Holmes. Jetzt weiß ich zwar wieder, ich hätte nie vergessen sollen, daß ich der Schüler bin und Sie der Meister sind. Aber sogar jetzt, wo ich doch das Resultat vor Augen habe, verstehe ich nichts.«

»Trösten Sie sich«, beschwichtigte Holmes ihn gutmütig. »Wir alle werden erst durch Erfahrung klug. Sie haben durch diesen Fall gelernt, daß man nie die Überlegung eines anderen von vornherein verwerfen soll. Sie waren von dem Jüngling Neligan so in Anspruch genommen, daß Sie nicht einmal einen Gedanken an Patrick Cairns, den wirklichen Mörder Peter Careys, verschwendeten.«

Die rauhe Stimme des Seemanns unterbrach meinen Freund.

»Hören Sie, Mister«, sagte er. »Ich will mich über die Art Ihrer Behandlung ja nicht weiter beklagen, aber Sie sollten die Dinge doch beim rechten Namen nennen. Sie behaupten: Ich habe Peter Carey ermordet. Ich sage: Ich hab' ihn getötet, und das ist doch wohl ein kleiner Unterschied. Mag ja sein, Sie glauben mir nicht und denken, ich lüg' Ihnen was vor ...«

»Aber nicht doch«, sagte Holmes. »Lassen Sie hören!«

»Das können Sie schnell haben, und bei Gott, es ist die Wahrheit! Ich kannte den Schwarzen Peter, das können Sie mir glauben, und nicht zu knapp. Und wie er da sein Messer zog, griff ich mir die Harpune und stieß zu. Ich hab's gewußt: ich oder du. Und dann war er tot. Meinetwegen, nennen Sie's Mord. Ein Strick um den Hals macht mich genauso schnell tot wie sein Messer im Bauch.«

»Woher kannten Sie ihn denn überhaupt?«

»Das will ich Ihnen sagen, von Anfang an. Richten Sie mich nur ein bißchen auf, daß ich besser reden kann. Es war im Jahr 1883, im August. Peter Carey war Kapitän auf der *Sea Unicorn*, ich war Ersatz-Harpunierer. Na, und wie wir damals aus dem Eis 'raus und auf dem Heimweg sind, da kommt uns doch so ein kleiner Jachter entgegen. Ist vom Südwind nach Norden abgetrieben. War nur ein Mann drin in dem Kahn, ein Städter. Die Besatzung hat sich wohl gedacht, das Schiff würd' sinken und ist mit dem Beiboot zur norwegischen Küste. Würd' mich nicht wundern, sie war'n alle abgesoffen. Na, jedenfalls, wir holen den Mann an Bord, und dann palavert er die halbe Nacht mit dem Schiffer — in seiner schmalen Kajüte. Alles, was

154

er an Gepäck mithatte, war 'ne schmale Schachtel. Soviel ich weiß, hat keiner von uns Leuten seinen Namen je gehört, und nächste Nacht, da war er plötzlich weg, grad, als wär' er nie dagewesen. Er sei über Bord gegangen, hieß es, oder der schwere Sturm hätt' ihn von Deck gespült. Da war nur ein Mann, der gewußt hat, was mit ihm gescheh'n war — und der Mann bin ich, denn ich hab' mit eigenen Augen gesehen, wie der Käp'ten ihn in der finsteren Nacht, zwei Tage, ehe wir den Shetland-Leuchtturm sichteten, an den Beinen gepackt und über Bord geworfen hat.

Na, ich hielt erst mal das Maul und paßte auf, was noch kommen wird. Wie wir in Schottland ankamen, wurde die Sache einfach vertuscht, kein Mensch fragte was. Ein Fremder war bei 'nem Unfall umgekommen — wer will's schon wissen? Kurz darauf gab Peter Carey die See auf, und es verging 'ne Reihe von Jahren, eh' ich 'rauskriegte, wo er steckte. Ich dachte mir, er hätt's wegen dem, was in der Schachtel war, getan und sagte mir, nu könnt' er mir auch was zukommen lassen, damit ich den Mund weiter halte. Von 'nem Seemann, der ihn in London gesehen hat, hört' ich, wo er jetzt lebt, und machte mich auf die Socken, um zu meinem Anteil zu kommen. Die erste Nacht, wie wir zusammen waren, da war er vernünftig und versprach mir so viel, daß ich mein Lebtag nicht mehr zur See gemußt hätte. Zwei Tage später wollten wir's perfekt machen. Als ich ankam, war er schon dreiviertel voll und in Stinklaune. Wir setzten uns dann erst mal hin, tranken ein paar zusammen und klönten. Aber je mehr er in sich reinkippte, um so weniger gefiel er mir. Ich sah dann die Harpunen an der Wand und dacht' mir, vielleicht könnt' ich eine brauchen, eh' ich selbst hin bin. Wie ich's mir gedacht hatte: Schließlich ging er wirklich auf mich los, fluchte und tobte, 'n Messer in der Faust und Mord in den Augen. Aber er hatt's noch nicht aus der Scheide, da war ihm doch schon seine eigene Harpune durch den Leib gejagt! Herrgott, hat der geblutet! Ich seh' jetzt noch sein Gesicht im Schlaf. Da stand ich nun, und sein Blut spritzte nur so um mich 'rum, 's blieb aber alles ruhig draußen, und da hab' ich mir ein Herz gefaßt und hab' mich umgesehen. Und da sah ich die Schachtel auf dem Wandbrett. Na, ich hatt' ja nicht weniger Anrecht darauf wie Peter Carey, da hab' ich sie genommen und hab' gesehen, daß ich wegkam. Dabei hab' ich Narr meinen Tabaksbeutel auf dem Tisch gelassen.

Aber jetzt können Sie noch den merkwürdigsten Teil von der Sache hören: Kaum bin ich aus der Hütte, da hör' ich doch wen kommen und versteck mich unter den Büschen. Ich seh' 'nen Mann 'ranschleichen. Er geht in die Kajüte 'rein und schreit dann los, als hätt' er 'nen Geist vor sich. Und dann rennt er, so schnell ihn seine Beine tragen, bis er mir aus der Sicht ist. Wer der Kerl war, oder was er gewollt hat, kann ich nicht sagen. Ich selber bin in der Nacht zehn Meilen gegangen, hab' den Zug in Tunbridge Wells genommen und kam in London an, ohne daß wer was gemerkt hat.

Na, und wie ich mir dann die Schachtel vornehm', find' ich kein Geld drin, nur so Papierkrams, was ich doch nicht absetzen kann. Wär' mir zu gefährlich. Vom Schwarzen Peter konnt' ich ja nichts mehr erwarten, und da saß ich hier in London auf dem trockenen, nicht einen Shilling in der Tasche. Was sollt' ich schon tun, ich mußte wieder anheuern. Und da las ich dann in der Zeitung das über die gesuchten Harpunierer und den hohen Lohn, und da machte ich mich zu der Schiffsagentur auf. Die schickten mich her. Das ist nun alles, was ich weiß, und das sag ich noch mal: Wenn ich den Schwarzen Peter auch getötet hab', so kann das Hohe Gericht mir nur dankbar sein, ich hab' ihm das Geld für 'nen Strick erspart.«

»Wirklich, ein aufschlußreicher Bericht«, sagte Holmes und stand auf, um sich seine Pfeife anzuzünden. »Ich glaube, Hopkins, Sie sollten keine Zeit verlieren und Ihren Gefangenen in sicheren Gewahrsam bringen. Unser Zimmer ist als Zelle nicht gerade geeignet, und Mr. Patrick Cairns nimmt uns zu viel vom Teppich weg.«

»Mr. Holmes, ich weiß gar nicht, wie ich Ihnen danken soll. Aber sogar jetzt verstehe ich nicht, wie Sie das alles herausgefunden haben.«

»Mein lieber Hopkins, erinnern Sie sich, wie ich sagte, Fortuna sei uns freundlich gesinnt? Nun, ich hatte von Anfang an das Glück, der richtigen Fährte zu folgen. Es ist durchaus möglich, daß mich zuerst das Wissen um dieses Notizbuch genauso in die Irre geführt hätte wie Sie. Aber alles, was ich ermittelte, deutete in eine Richtung: die ungeheure Kraft des Mörders, seine Fertigkeit mit der Harpune, der Rum, der Tabaksbeutel aus Seehundsfell mit dem starken Kraut — das wies auf einen Seemann, und zwar auf einen Walfischfänger. Außerdem war ich bald überzeugt, daß die Buchstaben P.C. in dem Beutel nur zufällig mit den Initialen Peter Careys übereinstimmten, da er ja nur selten rauchte und man keine Pfeife in seiner Kajüte gefunden hatte. Erinnern Sie sich noch, daß ich fragte, ob noch andere alkoholischen Getränke vorhanden gewesen seien? Sie nannten Whisky und Brandy. Nun, was meinen Sie wohl, wie viele Landbewohner würden wohl Rum trinken, wenn ihnen Schnaps und Whisky zur Verfügung standen? Also: Es mußte ein Seemann gewesen sein.«

»Aber wie haben Sie ihn gefunden?«

»Mein lieber Freund, das war kein Problem. Es konnte nur einer sein, der mit Peter Carey zusammen auf der *Sea Unicorn* gedient hatte. Soweit mir bekannt war, ist er auf keinem anderen Schiff gefahren. Ich wandte drei Tage daran, mich in Dundee zu erkundigen, und nach dieser Wartezeit hatte ich die Liste mit den Namen der Besatzung aus dem Jahre 1883. Als ich dann Patrick Cairns unter den Harpunierern feststellte, waren meine Nachforschungen fast schon beendet. Ich versetzte mich in seine Lage und dachte mir, der Mann müßte sich jetzt in London aufhalten und würde sicher gern für einige Zeit außer Landes gehen. So verbrachte ich ein paar Tage im East End, gab vor, eine Forschungsexpedition in die Arktis vorzubereiten und bot Harpunierern, die unter Kapitän Basil dienen sollten, günstige Bedingungen — na, das Resultat meiner Aktion haben Sie ja gesehen.«

»Phantastisch, Sir!« stöhnte Hopkins neiderfüllt. »Einfach wunderbar.«

»Sehen Sie zu, daß Sie den jungen Neligan so bald wie möglich frei bekommen«, sagte Holmes. »Ich glaube, Sie müssen ihm einiges abbitten. Die Schachtel sollte ihm auch übergeben werden; wenn auch die Aktien, die Peter Carey bereits verkauft hat, endgültig verloren sind. Da ist schon der Wagen, Hopkins. Sie können Ihren Mann wegbringen. Noch eins: Sollten Sie mich bei der Gerichtsverhandlung brauchen — Dr. Watson und ich werden irgendwo in Norwegen sein. Die genaue Adresse lasse ich Ihnen noch zukommen.«

Sir Arthur Conan Doyle

Der Hund von Baskerville
Ullstein Buch 2602
Die verdächtigen Vorkommnisse auf dem Landsitz der Baskervilles veranlassen Sir Henry, Sherlock Holmes auf die Fährte des Höllenhundes zu setzen.

Sherlock Holmes' Abenteuer
Ullstein Buch 2630
Dr. Watson findet auch als Ehemann und Arzt noch Zeit, dem Meisterdetektiv bei der Aufklärung schwieriger Fälle Hilfe zu leisten.

Studie in Scharlachrot
Ullstein Buch 2655
Scotland Yard bittet Sherlock Holmes, den rätselhaften Mord an einem Amerikaner und dessen Sekretär aufzuklären.

ein Ullstein Buch

Das Tal der Furcht
Ullstein Buch 2719
Sherlock Holmes behauptet, der Mörder des Schloßherrn habe das Gebäude nicht verlassen können. Wer aber von den Schloßbewohnern beging die Tat?

Im Zeichen der Vier
Ullstein Buch 2744
Captain Morsten ist in London spurlos verschwunden. Vier Jahre später stirbt Sholto, sein einziger Freund. Nimmt er ein Geheimnis mit ins Grab?

Die brasilianische Katze
Ullstein Buch 2779
Kriminalgeschichten von Sir Arthur Conan Doyle. Weitere Bände mit Erzählungen sind:

Sherlock Holmes und sein erster Fall
Ullstein Buch 20004

Sherlock Holmes und der verschwundene Bräutigam
Ullstein Buch 20012

Sherlock Holmes und der bleiche Soldat
Ullstein Buch 20020

Mazo de la Roche

Die Jalna-Saga

16 Romane ungekürzt im
Ullstein Taschenbuch

ein Ullstein Buch

Jalna wird erbaut
Ullstein Buch 2753

Frühling in Jalna
Ullstein Buch 2783

Mary Wakefield
Ullstein Buch 2797

Der junge Renny
Ullstein Buch 2810

Der Whiteoak-Erbe
Ullstein Buch 2825

Die Whiteoak-Brüder
Ullstein Buch 2848

Die Brüder und ihre Frauen
Ullstein Buch 2858

Das unerwartete Erbe
Ullstein Buch 2875

Finch im Glück
Ullstein Buch 2891

Der Herr auf Jalna
Ullstein Buch 2913

Ernte auf Jalna
Ullstein Buch 2933

Licht und Wolkenschatten
Ullstein Buch 2961

Heimkehr nach Jalna
Ullstein Buch 2988

Adeline
Ullstein Buch 3019

Wechselnde Winde über Jalna
Ullstein Buch 3052

Hundert Jahre Jalna
Ullstein Buch 3101